나, 나, 마들렌

나, 나, 마들렌

박서련 소설집

한겨레출판

차례

오직 운전하는 이들만이 살아남는다

점심은 휴게소에서 간단히. 딱히 먹을 것도 없고 더위와 특유의 공기 때문에 식욕이 떨어지기도 해서. 매점에 담배는 국산뿐이었지만 라면이나 과자는 유통기한이 제법 넉넉해 챙길 만해 보였다. 창고에서 2리터들이 생수를 세 박스 꺼내 왔다. 짐을 도저히 다 실을 수 없을 것 같아서 다른 차를 타기로 했다. 한 번쯤 캠핑카를 몰아보고 싶었다.

주유소인 줄 알았던 옆 건물은 가까이서 보니 엘피지 충전소였다. 공구함과 소형 자가발전기를 찾았다. 가스는 딱히 쓸모가 없었다. 타고 온 차의 운전석 창문에 가스 충전 튜브를 끼워두었다. 캠핑카를 타고 휴게소 출구를 나서다가 폭발음을 들었다. 1킬로미터쯤 떨어진 지점까지 간 뒤에 내려서 불구경을 했다. 주차장까지 불이 번졌는지 한동안 규칙적으로 연쇄 폭발이 일어났다. 다시 차를 몰아 출발할 즈음에야 생리대를 깜빡했다는 걸 깨달았다.

출출한 느낌이 들 무렵 '운악산 포도'라 쓰인 가판대를 발견했다. 노점 앞에 차를 댄 뒤 손도끼를 들고 내렸다. 포도는 반쯤 쉬고 벌레가 슬어 있었지만 아이스박스 속 포도즙은 아직 괜찮아 보였다. 노점 가판대 옆에는 아마도 주인이었을 노파가 엎어져 있었다. 발로 어깨를 밀어 시신을 뒤집어 보았다. 역하고 비린 시취가 벌레들과 함께 날아올랐다. 휴게소에서 챙겨 온 건빵과 포도즙으로 요기하고 캠핑카 안에서 잤다.

아침에는 노점의 봉고 트럭에서 기름을 빼내고 천막 안을 샅샅이 뒤졌다. 주전자와 가스버너와 보온 덮개를 챙겼다. 포도즙값이라 치고 노파를 천막 뒤에 묻었다. 꼬박 반나절이 걸렸다. 혹시나 해서 삽은 버렸다.

연료 계기판을 보니 오늘 안에는 주유를 해야 할 것 같았다. 적적해서 라디오를 틀었다. 지금은 라디오 시대, 라는 말이 이보다 더 어울리는 시절은 다시 오지 않겠지. 주요 방송국 채널들이 아직 살아 있는 것은 고맙고 놀라운 일이었다. 토크 프로그램이 대부분 사라져 말없이 유행가만 틀어주는 날들이 계속되었지만 적어도 그건 누군가 선곡을 하고 누군가 전파를 잡아 송신하고 있다는 증거였다. 그 때문에 가끔 도시로 돌아가 그들이 어디에서 어떻게 방송을 진행하는지를 확인해보고 싶은 충동도 일었다. 도시의 상황을 알리는 유일한 프로그램은 〈57분 교통정보〉였다. 여전히 도로 상황을 다루고는 있지만 정체를 유발하는 건 더 이상 차들이 아니어서 그걸 과연 교통정보라고 불러도 좋을지는 모르겠으나.

서부간선도로에 수천 명 규모의 감염자들이 출현했습니다. 먼 길 가시는 운전자라면 안전을 위해 개인용 화기를 지참하시는 편이 좋겠습니다.

바로 이런 식의 정보가 시간마다 주어졌다. 서울을 벗어난 이상 대개는 쓸모없는 정보였다. 그래도 듣고 있자면 일종의 체계가 느껴져 안심이 되었다. 적어도 한 사람 이상은 도시에서 제 할 일을 하고 있다. 어떤 인간이 죽지 않고 살아 뭔가를 하고 있다. 아무 접점이 없어 얼굴을 상상할 수도 없는 인간이, 인간들이…… 살아 있다.

교통정보는 길어야 일 분 만에 끝나고 지나간 유행가가 흘러나왔다. 노래를 부른 유명 가수의 얼굴은 알지만 그가 죽었는지, 살았는지, 감염되었는지는 알 수 없었다.

텅 빈 도로를 달리다 한참 만에 멈춰 섰다. 연쇄 추돌로 막힌 길이었다. 서울을 벗어날 때도 그랬다. 올림픽대교

였나, 거기까지 몰고 간 내 차를 버리고 걸어서 다리를 건넜다. 한낮의 땡볕과 악취 때문에 연신 헛구역질을 했다. 석유 특유의 향과 살 썩는 내가 섞여 이루 말할 수 없이 고약한 냄새가 났다. 맨 앞에 관광버스가 있었다. 스키드 마크와 반파된 주변 차량을 보니 몇 바퀴 헛돈 듯했다. 구리시 이정표가 보일 때까지 걸었다. 해가 너무 길어서 죽을 것 같았다.

처음 훔친 차는 스파크였다. 개중 멀쩡했고 마침 도로에 장애물이 거의 없는 지점에 있었으며 치워야 할 시체가 한 구뿐이었다. 콘솔 박스에 든 선글라스만 챙기고 시 경계에서 차를 버렸다. 선글라스는 지금도 끼고 있다.

캠핑카는 버리고 싶지 않았다. 사고 차량은 다섯 대였다. 마주 오던 차가 중앙선을 넘은 모양이었다. 운전 중에 증상이 발현되었을 가능성이 컸다. 오른편 차도의 운전자는 그 차를 피하려고 오른쪽으로 핸들을 꺾었지만 그대로 옆구리를 들이받힌 채였다. 가족일 시체 네 구 중 어린아이가 가장 심하게 훼손되어 있었다. 꽉 닫힌 창문 안에서 구더기가 들끓고 파리 떼가 웅웅 날았다.

다음에는 견인차를 몰아야겠다고 생각하며 차들을 옮겼다. 크게 파손된 맨 앞 두 대는 사이드브레이크만 푼 다음 힘으로 밀고 끌어 옮길 수밖에 없었다. 차 한 대가 겨우 지나갈 만한 공간을 만드는 데 한참이 걸렸다. 비교적 형태가 온전한 뒤의 차량들은 운전석을 비운 뒤 직접 몰아 옮겼다. 캠핑카에 올라타 가지런히 세워둔 차들 옆을 지나갈 때는 은근한 쾌감이 들었다. 서행 중에 펑펑 울리는 폭발음이 들렸다. 옷가지에 붙인 불이 드디어 차에 옮겨붙은 모양이었다. 캠핑카에서 내려 담배에도 불을 붙였다. 높아지는 불길 주변으로 파리 떼가 날아오르는 듯한 착각이 들었다.

해 질 무렵 주유소를 찾았다. 멀리서 보면 주유소는 고인돌이나 스톤헨지처럼 느껴졌다. 필요 이상으로 높은 지붕과 그걸 떠받친 기둥들이 기묘하게도 신성한 분위기를 자아냈다.

주유소는 비어 있었다. 손도끼를 들고 내린 주제에 섭섭해졌다. 나 같은 사람 몇몇이 다녀갔는지, 주인이 직접 뽑아 갔는지 기름도 얼마 남지 않은 채였다. 잠은 주유소에서 청했다. 서울을 떠난 뒤로 차 밖에서 자기는 처음이었다.

가구 아웃렛 단지를 지나올 때 생각이 났다. 서울에서 멀어지면서 아무 가게나 그냥 들어가 하고 싶은 대로 휘젓고 나오는 재미를 알아가는 참이었고, 마침 그즈음 마땅한 차를 찾기가 어려워 단지 앞 도로를 한참 걷던 터라 피곤하기도 했다. 견물생심이라고, 저마다 침대가 얼마나 우수한지 자랑하는 간판을 100개쯤 보고 나니 침대에 눕고 싶은 충동이 갑자기 부풀어 올랐다. 별생각 없이 가까운 매장에 들어가 킹사이즈 침대에 누웠다. 과연 몸이 녹아내리는 것 같았다. 일어나야 하는데 자꾸 눈이 감겼다.

설핏 잠든 귀에 우직 딱 우직 딱 하는 규칙적인 소음이 들렸다. 기척을 최소한으로 해서 천천히 침대 밑으로 내려와 기어서 가게 밖으로 나왔다. 돌아보니 감염자 하나가 기둥과 침대 머리판 틈으로 지나가려 했는지 그 사이에 끼여 있었다. 감염자를 막아선 기둥과 내가 누웠던 침대의 거리는 싱글 침대 하나 폭 정도였다. 운이 나빴다고 해야 할지 좋았다고 해야 할지 알 수 없었다.

그래도 차 밖에서 자는 일을 계속 피하기는 어려웠다. 거의 종일, 잘 때까지 일관된 자세를 유지하다 보니 등허리, 엉덩이, 시트와 맞닿은 모든 부위에 욕창이 생길 지경이었다. 침대까진 바라지도 않고 평평한 바닥에 눕기만 해도 좋겠다는 생각이 간절했다. 거기다 시동을 끈 차 안은 너무 덥고 습했다. 씻지 못한 지도 오래였다. 이 모든 곤란은 서로 연결되어 있었다.

마지막으로 다른 운전자를 본 지는 며칠 된 터였다. 사실상 경기 북부에는 비감염자가 거의 남아 있지 않다는 판

단이 섰지만, 그럼에도 혹여 캠핑카를 도둑맞지는 않을까 불안했다. 캠핑카를 자동 세차기 안에 대고 셔터를 내렸다. 그새 그렇게 캠핑카가 소중해졌는지, 내가 너무 걱정이 많은지 잘 구분되지 않았다.

통유리로 된 주유소 사무실 벽은 파손되기 쉬워 보였지만 바깥을 살피기에는 좋을 것 같았다. 오랜만에 씻었다. 에어컨도 켰다. 기분이 썩 괜찮아졌다. 사치하는 김에 별러온 맥주를 뜯어 마셨다. 미지근해서 별맛이 느껴지지 않았다. 금세 취기가 올랐다. 괴질이 퍼지기 몇 달 전부터 술을 입에 대지 않았으니 당연한 일이었다. 의지와 상관없이 긴장이 풀린 몸을 힘겹게 끌어 책상 밑에 뉘었다. 모기가 많아서 깊은 잠을 청하기는 어려웠다. 몸을 웅크리고 손으로 얼굴을 가렸다. 잠결에 똑똑, 창 두드리는 소리를 들었다.

다음번 노크 소리가 나기까지 머릿속으로 수많은 생각이 스쳐 지나갔다. 감염자가 문을 두드릴 수 있나. 아닐 것 같은데. 감염자가 아니라고 해서 크게 다를 건 뭔가. 이 시간에 이런 곳에 비감염자가 나타날 가능성이 있나. 차 소리가 들렸던가. 노크 소리를 들을 만큼 얕은 잠을 자면서 엔진 소리를 못 들었을 리 있나. 역시 차 안에서 잘 걸 그랬나. 어떤 생각도 피로보다 강하지는 않았다.

불빛 한 점 없었고 내가 누운 책상은 전면 창에 딱 붙어 있어서 나를 보았을 리는 없다고 판단했다. 가만히 머리맡을 더듬어 손도끼를 찾아 쥐었다. 소리 나지 않게 애쓰며 책상 밖으로 빠져나왔다. 앉은 자세 그대로 눈을 들어 쳐다보니 커다랗게 펼쳐진 손바닥이 창에 밀착되어 있었다.

누구 없어요?

손을 치운 자리에 그대로 자국이 남았다. 에어컨으로 식힌 실내 온도 때문에 창에 김이 서린 모양이었다. 없는 척하기는 글렀다는 생각이 들었다. 손 주인의 얼굴이 불쑥, 손 모양으로 나타났다. 어두워서 확신은 서지 않았으나 눈이 마주친 것 같았다. 도끼 든 손을 치켜든 채로 일어났다. 약하게 보여선 안 됐다.

꺼져.

목소리가 생각처럼 크게 나오지 않았다. 쉿소리로 입을 뻐끔거렸을 따름이다. 창밖의 손은 주춤, 뒷걸음질을 쳤다. 손바닥만 한 시야에 목젖과 늘어지고 해진 티셔츠 목둘레가 들어왔다. 목젖이 절박하게 위아래로 오르내렸다.

저기, 정말 죄송한데 목이 너무 말라서요.

감염자가 아닌 건 다행이지만 크게 나을 것은 없었다. 증상 발현 이전의 보균자일 수도 있고 그게 아니어도 위험하긴 마찬가지였다. 목소리로 보아 젊은 남자 같았다. 마음만 먹으면 얼마든지 나를 무력으로 제압할 수 있다는 의미였다. 도끼를 쥔 손에 힘이 들어갔다.

며칠 전 만났던 다른 생존자가 떠올랐다. 달리는 5톤 덤프트럭을 보고 무작정 따라붙었다. 신기하고 반가운 마음이었다. 휴게소에 들어가기에 따라 들어갔다. 처음부터 경계심이 없기도 했지만 말을 나눠보니 선량한 사람 같았다. 트럭은 원래부터 그가 몰던 것이라고 했다. 운전석이 높아 시야가 넓은 것이 장점이며 워낙 튼튼해서 감염자 한둘쯤은 쓱 치고 지나가도 무리 없을 정도라고. 내가 정색하자 그런 적은 없다고, 농담이라고 수습했다. 또 다른 자랑거리는 운전석 뒤편에 성인 둘이 넉넉하게 누워 쉴 만한 공간이 있다는 점이었다. 다른 운전자를 이미 몇 명 보았지만 여자는 처음 본다는 말을 할 때까지 그의 의도를 알아채지 못했다. 행선지를 묻기에 떨떠름하게 남편을 찾으러 간다고 하자 이미 죽었거나 감염되었을 거라는 대답이 돌아왔다. 나도 그렇게 생각한다고 했다. 거짓말은 아니었다. 차를 구경시켜 주겠다고 하기에 내 차에 있는 담요를 꺼내 오겠다고 한 뒤 그대로 운전석에 올랐다. 트럭 운전수는 나를 따라잡지 못했다. 그가 자랑하며 꺼내 보인 차 열쇠를 내가 쥐고 왔기 때문에. 마지막으로 운 것이 그날이었다. 무사히 도망치려고 추파에 응하는 척해야 했던 게 자존심 상했다. 차를 세우고 마음껏 울고 싶었지만 다른 차를 찾아 타고 따라올까 봐 해가 질 때까지 쉬지 않고 달렸다. 달리다가 창밖으로 열쇠를 힘껏 던졌다.

도끼를 보여주며 가라는 손짓을 해 보이자 창밖의 남자는 털썩 주저앉았다. 김 서린 창에 어스름하게 무릎 꿇은 모습이 비쳤다. 남자는 와이퍼질을 하듯 창을 쓱쓱 닦았다. 그러더니 양손을 모아 빌기 시작했다. 그렇게 목이 마르면 창에 서린 김을 핥아 먹으면 되잖아. 한 점 악의도 없이 그런 생각이 들었다.

당장 안 꺼지면 죽여버릴 거야.

이번에는 목을 가다듬고 제대로 말했다. 남자는 주춤거리며 일어나 천천히 멀어져 갔다. 몇 분 지나지 않아 남자가 다녀간 것이 더는 실감이 안 났다. 귀신이었나. 창에 남은 손자국 말고는 방금 일어난 일의 증거랄 게 전혀 없었다. 그럼에도 잠들지 못했다. 어디서 짱돌이라도 들고 와 창을 깨고 억지로 들어오면 어쩌나. 젊은 남자가 제대로 덤비면 이기기 어려울 것 같았다. 둘 다 크게 다칠 거고, 운이 나쁘면 둘 다 죽겠고, 최악의 경우에는 나만 죽겠지. 그런 생각을 하며 꾸벅꾸벅 졸았다. 졸면서도 도끼는 놓지 않았다.

깨고 보니 이미 동이 터 있었다. 언제 잠들었나 싶어 가슴이 내려앉았다. 창밖을 잘 살피고 밖으로 나갔다. 자동 세차기 셔터가 올라가 있었다. 캠핑카 앞 범퍼 밑에 누워 자는 남자를 발견했다. 밝을 때 다시 보니 젊다 못해 어린애였다.

이런 세상이지만 사람을 죽인 적은 없었다. 아직까지는. 아무리 감염자라도 함부로 치고 지나가기는 어려울 텐데 하물며 비감염자라면. 남자애를 깨우지 않고 차에 탈 수는 있어도 밟고 지나가지는 못할 것 같았다. 간밤에 유리창 너머로 본 목젖이 앞바퀴에 짓이겨지는 광경을 떠올리고 몸서리를 쳤다.

떠날 채비를 마치고 시동은 걸지 않은 채로 경적을 길게 울렸다. 남자애는 꼼짝도 하지 않았다. 몇 번 더 빵빵 소리를 냈으나 반응이 없었다. 일부러 버티는 게 분명했다. 창문을 아주 조금 내렸다. 내 목소리가 들리지 않을까 봐.

비켜.

남자애가 일어났다. 앞 유리창에 바싹 달라붙은 남자애가 입체영화의 등장인물처럼 보였다.

이대로 어디 갖다 박으면 진짜 죽어. 비켜.

그럼 그쪽도 죽을걸.

남자애는 앞 유리창에 왼뺨을 붙인 채 나를 보지 않고 대꾸했다.

어쩌란 거야?

같이 가요.

귀를 의심했다. 남자애는 눈만 돌려 흘기듯 나를 쳐다보았다.

뭐든지 할게요. 데려가 주세요.

한숨이 나왔다.

내가 왜?

물 한 방울도 못 마시고 이틀이나 걸었어요.

그래서?

곧 죽을지도 몰라요.

이런 때 괴질이 아닌 다른 이유로 죽을 수 있다면 그것대로 복된 일이 아닌가 싶었다. 호상이라는 말이 떠올랐다. 사라질 말이었다. 아직 살아 있는 사람들은 대부분 자연스럽지 못한 죽음을 맞이할 것이고 더 오래 살 사람들은 죽음에 대한 예의를 제대로 갖추지 못할 것이다.

이 앞길로 쭉 걸어가면 내가 버리고 온 차가 있을 거야. 키는 문에 꽂아뒀어. 뒷좌석에 물이랑 통조림 같은 것도 좀 있어.

거짓말이었다. 적어도 나라면 귀가 솔깃할 만한. 창에 매달린 사람이 나고 운전석에 앉은 게 남자애였다면, 남자애가 부드럽고 상냥한 말씨로 이런 말을 해줬다면 나는 순순히 떠났을 것이다. 걷다가 죽었을 것이다. 하지만 남자애는 그러지 않았다.

운전면허가 없어요.

남자애가 간밤에 기척 없이 나타난 거며 지금 내게 매달리는 이유 따위에 모든 의문이 한꺼번에 해소되고 그 대신에 부아가 치밀었다. 누가 무면허라고 잡아가기라도 할까 봐, 이 와중에?

대꾸하는 대신 시동을 걸었다. 차의 진동을 따라 남자애의 몸이 덜덜 떨렸다.

산 사람은 한 달 만에 처음 봐요.

정말이지 더는 상대하고 싶지 않았다. 말을 더 길게 섞어봐야 나중에 그 애를 죽게 내버려 뒀다는 죄책감만 더 심해질 뿐.

살려주세요, 제발.

남자애가 울기 시작했다. 앞 유리창에 눈물이 떨어져 흘렀다. 와이퍼를 작동했다. 와이퍼는 남자애 머리 한 움큼

과 티셔츠 소맷자락을 씹더니 좁은 폭으로 움직이며 당겼다 놓아주기를 반복했다. 남자애는 엉킨 머리 때문에 아아, 하고 목소리를 높였다. 애초에 흘리던 것과는 질이 다른 눈물이 뚝뚝 떨어졌다. 기가 찼다. 시동을 끄고 차에서 내렸다. 남자애는 차에 기대느라 몸을 숙이고 있는데도 나보다 한 뼘은 더 컸다. 와이퍼에 엉킨 머리카락은 길고 기름졌다. 와이퍼를 부러뜨리고 확 밀쳐 넘어뜨리면 될 텐데. 그러면 도망칠 수 있을 텐데. 그런 생각을 하는 사이 남자애가 허리를 폈다. 눈물 콧물로 범벅이 된 얼굴이 가관이었다.

운전석에 올라 턱짓으로 남자애를 불렀다. 남자애는 눈을 비비며 조수석 문을 열었다.

안전벨트 매.

물부터 주시면 안 될까요?

나는 콘솔 박스를 가리켰다. 남자애는 미지근해진 생수를 허겁지겁 마시다가 콜록대며 반 넘게 뱉어냈다. 다시 한 번 콘솔 박스를 가리켰다. 남자애는 휴지를 꺼내 얼굴을 닦았다. 그러고서야 출발할 수 있었다.

감사합니다.

그러고는 한 시간 가까이 말이 없었다. 슬쩍 보니 이 미친놈이 졸고 있었다.

야.

남자애가 소스라치며 눈을 떴다.

내가 네 운전기사냐?

아니요.

나답지 않은 말을 했다. 평생 그런 말을 하는 쪽보다 듣는 쪽에 더 가깝다고 믿어왔다. 라디오를 켰다. 57분이 되자 어김없이 교통 방송이 나왔다. 요 며칠 감염자들의 대규모 출현이 드물어졌다. 사고 차량으로 마비되었던 도로가 복구된다는 소식 또한 아직 없었다. 특별히 전할 교통정보가 없어지자 앵커 멘트도 점점 짧아졌다. 긍정적으로 생각하면 대규모 감염자 출현이 정말 줄어든 것이고, 나쁘게 생각하면 그 며칠 사이에 정보를 수집할 인력마저 잃은 걸지도. 안전 운행 하시기 바랍니다. 인사는 여느 때와 같았다.

볼륨을 줄였다. 남자애의 목소리가 가요 소리에 묻혀 잘 들리지 않았다.

뭐라고 했니?

누나 서울 가는 길이냐고 했어요.

아니야.

남자애는 혼란스러워 보였다. 어느 정도는 나도 그랬다. 그와 별개로 누나라 불리는 게 어색하고 쑥스러운 기분도 들었다.

내가 너보다 나이가 많을 거 같니?

남자애가 눈알을 이리저리 굴렸다.

아니요.

아니, 요라니. 말을 말자 싶었다. 대답 없이 속도를 높였다. 남자애가 물었다.

왜 서울로 안 가요? 서울엔 아직 사람 많지 않아요?

계속 대꾸하지 않으니 남자애는 마침내 입을 다물었다.

배가 고팠다. 밤부터 아무것도 먹지 않은 참이었다. 차를 세우고 먹을 것을 꺼냈다. 빵과 포도즙을 나눠 주니 남자애가 나를 우러러보는 시선이 느껴졌다. 나도 내 손을 보면서 예수는 어떤 기분이었을지를 생각했다.

에어컨 틀면 안 돼요?

안 돼.

왜요?

기름 아껴야 해.

에어컨은 전기로 돌아가는 거 아니에요?

너무 멍청해서 짜증이 나려고 했다. 더운 건 나도 마찬가지였다.

너 주제 파악이라는 말이 무슨 뜻인지 알아?

네.

그럼 그것 좀 해.

네.

다시 출발하고 한동안 남자애는 말이 없었다. 활짝 연 조수석 창으로 뭉텅뭉텅 바람이 잘려 들어왔다. 남자애의 체취가 고약했다.

차 많은 데다 내려줄 테니까 아무 차나 타고 네 갈 길 가라.

남자애가 홱 고개를 돌려 나를 보았다. 기름진 머리 냄새가 훅 끼쳤다. 좀 길다 싶은 머리카락이 가닥가닥 뭉쳐 바람에 나부꼈다. 개 같았다.

저 운전 못 하는데요.

배우면 다 해.

저 그냥 서울까지 태워다 주시면 안 돼요?

내가 왜?

거기 가면 다른 사람들 있을 테니까요.

별로 안 만나고 싶은데.

남자애는 해괴한 표정을 지어 보였다. 나는 진심이었다. 여기까지 어떻게 왔는데, 뭐 하러 다시 거기까지. 만나야 할 이유도, 만나고픈 의지도 없었다. 비감염자끼리 모여

봐야 감염될 확률이 높아질 뿐 아닌가.

그럼 누나는 지금 어디 가는 길이에요?

연천.

거기 뭐 있는데요?

군부대.

주머니를 더듬어 담배를 꺼냈다. 남자애에게 권하자 절레절레 고개를 흔들었다. 담배라도 물려야 말수를 줄일 수 있을 텐데.

군대에 뭐 있는데요?

남편.

결혼했어요?

전남편.

이혼했어요?

너 생각 좀 하고 말하라는 소리 자주 듣지 않니?

그럴 사람 다 죽었는데요.

창문 좀 닫아봐.

바람 때문에 담배에 불붙이기가 어려웠다. 남자애는 창문을 닫고 라이터를 받아 불을 댕겨 올렸다. 운전석 창문을 내리고 왼팔을 창틀에 걸친 채로 담배를 피웠다. 좁은 길 옆으로 푸른 논이 펼쳐져 있었다. 모를 심어놓고 돌보지 못해 벼 반 피 반이었다.

허수아비다.

허수아비 아니야.

뭐예요, 그러면?

감염자야.

논마다 한두 명씩 감염자가 서 있었다. 감염자들은 직진밖에 할 줄 몰랐다. 무논에 다리를 담근 감염자들은 수명이 다할 때까지 양발을 번갈아 뽑았다 심었다 하며 아주 느리게 움직이게 될 것이다.

야, 난 죽음에도 속도가 있다고 생각해.

문득 떠오른 그 말은 남편이 내게 한 것이었다.

늙고 병들어서 천천히 죽는 사람들이 있고 한 방에 탕 죽는 사람들이 있잖아.

남편은 손가락을 총구 삼아 내게 겨누면서 말했다.

넌 빨리 죽고 싶냐, 천천히 죽고 싶냐?

남편의 물음에 나는 전혀 상관없는 대답을 했다.

나한테 야, 라고 안 하면 안 돼?

별것 아닌 말인데도 순간 울컥 울음이 올라와 목 안쪽이 답답해졌다. 뜻밖이었는지 남편은 손끝을 내게 향한 채 오래 그대로 있었다.

우리가 서로를 더 이상 견딜 수 없음을 안 게 그때쯤일 것이다. 관계에는 아주 강한 관성이 있었다. 둘 다 끝났다는 것을 알아차린 뒤에도 관계는 순순히 끝나주지 않았다. 주기적으로 서로를 향해 농담을 던지고 웃는 것으로 우리가 같은 패임을 확인해야 안심이 됐다. 한패라는 걸 확인하고 싶어질수록 이 관계가 이전과 달라졌다는 사실이 자명해지는데도 그랬다.

그러니 그때 웃지 못한 것은 내 잘못이다.

감염되는 것은 느린 죽음인가, 빠른 죽음인가. 남편은 천천히 죽었을까, 단숨에 죽었을까.

남편은 죽었을 것이다.

남편이 살았을지도 모른다고 생각할 때도 있었다. 살아 있다고 믿고 싶었다. 남편과 나, 둘 중에서 생존에 재능이 있는 쪽을 고르라면 남편일 터였다. 내가 살았으니까 그도 살았을 거라고, 조금 더 서두르면 살아 있는 남편을 만날지도 모른다고 생각했다. 그렇지만 살아서 만난들 무슨 말을 하지. 살아서, 나처럼 어딘가를 헤매고 있어서, 끝내 만나지 못하면 어떡하지. 차라리 남편이 일찌감치 죽었다고 생각하는 쪽이 마음 편했다. 내가 아는 그 사람이라면 빠른 죽음을 원했을 것이다.

라디오를 틀었다. 무척 졸렸다. 차를 세우고 잠을 청하기엔 남자애가 미덥지 못했다. 교통정보 방송이 나올 무렵 정체 구간을 발견했다. 제법 큰 교량이었고 사고 차량도 많았다. 차를 세웠다. 남자애는 나를 물끄러미 쳐다보았다. 어쩔 것인가를 묻는 눈이었다.

내려.

왜요?

막혔잖아. 내려.

나 내리면 도망치려고 그러죠?

안 두고 갈 테니까 내려.

남자애는 미심쩍어하며 차에서 내렸다. 바로 문을 잠갔다. 남자애가 주먹으로 창을 두들겼다. 조수석 창문을 조금 내렸다.

문은 왜 잠가요?

저 차들 보이지?

남자애의 눈이 내 손끝을 따라 이동했다. 자동차 스무대가량이 종잇장처럼 구겨진 채 한데 뭉쳐 있었다.

저거 다 치우면 다시 타게 해줄게.

남자애의 대답을 듣지 않고 창문을 올렸다. 큰 소리로 투덜대는 것 같았으나 무슨 말인지 알아들을 수는 없었다.

그대로 시트를 젖히고 잤다. 남자애는 해 질 무렵에야 운전석 창을 두드렸다. 딱 차 한 대 폭만큼 길이 나 있었다. 그 자리에서 저녁을 먹었다. 남자애에게 컵라면과 스팸을 줬다. 남자애는 캔에서 꺼내 가스버너에 통째로 구운 스팸을 순식간에 먹어치웠다. 안 짜냐고 묻자 짠 게 너무 먹고 싶었다고 했다. 이렇게 막힌 길이 많으냐고 물어서 그렇다고 했다. 그 차들은 다 내가 치웠냐고 하기에 너무 막힌 길은 돌아서 왔다고 대답했다. 남자애는 얼마 안 되는 전 재산을 사기당한 사람 같은 표정을 지었다. 우스웠다. 남자애와 필요 이상으로 가까워진 것 같았다. 어두워질 때까지 계속 달렸다. 남자애는 침을 뚝뚝 흘리며 잤다.

일어나.

주차장에는 검은색 세단과 파란색 트럭이 서 있었다. 잠이 덜 깬 남자애에게 라이터와 에프킬라를 쥐여주었다.

나가서 한 바퀴 돌아봐. 감염자가 보이면 불을 붙이고 바로 차로 뛰어와.

이런 거 필요 없어요.

남자애가 에프킬라를 콘솔 박스에 도로 넣었다.

죽고 싶어?

저는 감염 안 돼요.

남자애의 말을 이해할 수 없었다.

왜 감염이 안 돼?

제가 어떻게 학교에서 나왔겠어요? 감염자들 천지였는데.

남자애는 더 물어볼 기회를 주지 않고 차에서 내렸다. 수 분 뒤에 남자애가 고개를 저으며 하향등 앞으로 걸어 들어왔다. 시동을 끄고 차에서 내렸다.

네가 먼저 올라가 봐.

남자애는 머뭇거리며 문 안으로 들어갔다. 어림잡아 6, 7층가량 되어 보이는 건물이었다. 한 층 한 층 복도에 불이 들어왔다. 쓸데없는 짓을. 누구 눈에 띄려고. 네온으로 된 간판 글씨가 현란하게 움직였다. 모텔 '꿈의 궁전'. 남자애는 긴장한 표정으로 나왔다.

2층 복도에 감염자 두 명 있어요.

시체는?

카운터에 하나, 2층에 하나요.

안에 들어서자 시체 썩는 냄새가 진동했다. 코를 싸쥐고 안쪽 끝까지 걸어갔다. 쿵쿵거리는 소리가 희미하게 규칙적으로 들렸다. 2층의 감염자들이 복도 끝 유리벽을 향해 전진하는 소리였다. 카운터에서 가장 멀리 있는 방에 묵기로 했다. 문은 열렸지만 카드 키가 있어야 전기를 쓸 수 있었다. 남자애한테 107호, 108호 카드 키를 가져오라고 했다. 남자애는 한 개만 들고 돌아왔다.

장난해? 두 개 갖고 오랬잖아.

그럼 왜 굳이 모텔까지 온 거예요?

자러 왔지, 뭐 하러 왔겠어?

그러니까요.

내 말에 남자애는 무척 수줍은 표정을 지었다. 어이가 없어서 웃음이 났다.

너랑 나랑 따로.

오른손에 쥔 손도끼를 남자애에게 들이밀었다. 남자애는 한숨을 쉬며 돌아섰다. 문을 닫으려는 참에 남자애가 투덜거리는 소리가 들렸다. 기껏 마음의 준비 다 했더니. 못 들은 척하며 짐짓 언성을 높였다.

너 올라가서 불도 다 끄고 와. 여기 사람 있다고 광고할 일 있어?

사람들이 보고 찾아오면 좋은 거 아니에요?

나는 트럭 운전수를 생각했다. 감염자보다 비감염자를 더 조심해야 한다는 사실을 일깨워 준 사람. 이제는 혼자가 아니니 그를 만났을 때와는 사정이 다르지만 위험부담을 감수하면서까지 새로운 사람을 만나고 싶은 마음은 아무래도 들지 않았다. 남자애한테 이 생각을 이해시킬 수 있을까. 남자애는 대답 없는 나를 물끄러미 쳐다보다가 불을 끄러 갔다.

카드 키를 꽂자 전등이 켜지고 에어컨이 돌아가기 시작했다. 호화롭고 촌스러운 방이었다. 나갈 때 시트와 수건을 좀 챙겨야겠다는 생각이 들었다. 씻고 냉장고에 있는 매실 주스를 마셨다. 별 기대 없이 텔레비전을 켰다. 채널을 아무리 돌려도 같은 화면만 나왔다. 텔레비전 받침대 밑에 쌓인 디브이디 중 하나를 틀었다. 영화를 보면서 중간 광고가 좀 나왔으면 좋겠다고 생각하게 될 줄은 몰랐다. 이미 본 영화였다. 졸다 깨다를 몇 번 반복하니 마지막 장면이었다. 너는 참 이상한 시절에 나를 만났어. 주인공이 애인에게 말했다. 텔레비전을 껐다. 남자애는 자고 있을까. 고개를 저었다. 추워서 에어컨을 껐다.

꿈에서 남편을 조수석에 태우고 오래 달렸다. 남편은 아래턱이 없어서 침이 목을 타고 흘렀다. 웃옷이 축축해졌다고 해서 히터를 틀었다. 남편이 화를 냈다. 내가 네 운전기사냐? 무슨 소리야, 운전은 내가 하는데. 정신을 차리고 보니 운전석에 앉은 건 나지만 핸들은 남편한테 가 있었다.

남편에게서 핸들을 빼앗으려다 가드레일을 들이받았다. 꿈인데도 목덜미가 욱신거리는 느낌이 들었다.

문을 두드리고 남자애가 나타날 때까지 수 초 혹은 수 분간 별생각이 다 들었다. 남자애는 졸린 눈으로 나를 맞았다. 막상 얼굴을 보니 마땅히 할 말이 떠오르지 않았다.

미안한데 그냥 아무 말도 하지 말고 같이 있어줘.

나오는 대로 내뱉고 무작정 안으로 들어갔다. 남자애는 그제야 갑자기 잠이 달아난 듯했다. 내가 침대에 눕자 남자애는 잠깐 서성거리다가 조금 떨어진 곳에 자리를 잡았다. 눈을 감고 있었지만 남자애가 다가오는 기척은 느껴졌다.

오지 마.

움직임이 멎었다.

그냥 봐. 나 자는 거.

남자애는 내 말대로 했다. 차츰 의식이 수면 아래로 가라앉았다. 불현듯 남자애가 손을 뻗어 내 눈가에 댔다. 손에서 비누 냄새가 났다. 하지 말라고 하고 싶은데 눈물이 그치지 않았다. 젖은 눈을 비비는 남자애의 손이 거칠었다. 그대로 정오 무렵까지 한 번도 깨지 않고 잤다. 깨어나서도 캄캄했다. 커튼을 걷고 창 덧문을 열어젖혔다. 비가 내리고 있었다. 빗소리를 들은 남자애가 몸을 뒤척였다. 더 자. 나는 아주 작은 소리로 말했다. 자는 남자애의 옆얼굴이 안돼 보였다. 보기 싫을 정도로 처량한 얼굴이어서 깨기 전에 혼자 가버리고 싶은 충동이 일었다. 감당할 수 없을 만큼 사랑스러웠고 그래서 너무 싫었다.

카운터의 시체는 노파, 2층의 시체는 남자 노인이었다. 감염자들은 비교적 젊었다. 뻔했다. 노부부가 운영하는 모텔에 보균 상태의 젊은이들이 찾아왔을 것이다. 면역력이 약한 어린아이나 노인들은 주로 전신 통증과 고열이 발생하는 1기에 목숨을 잃었다. 이른바 감염자라 불리는 부류는 2기에 해당했다. 감염자는 신체가 심하게 훼손되지 않는 이상 먹거나 자지 않고 아주 오랫동안 버틸 수 있다. 사고는 마비되고 오로지 전진만을 반복한다. 인간에 의해 전진을 방해당할 경우 격렬하게 저항한다. 뇌 중추가 제 기능을 못하기 때문에 힘 조절이 안 된다. 살점이 떨어져 나갈 때까지 물어뜯고, 자기 팔이 부러지도록 세게 내리친다. 이 과정에서 전염된다. 초기에는 보균자와 접촉한 부위에 상처가 있을 경우에만 감염된다고 했다. 의미 없는 정보였다. 전염 속도는 추산 수치와 비교도 안 되게 빨랐다. 틀린 이야기는 아니라 쳐도 우스운 일이었다. 깨물고 후려치는데 상처가 안 날 리 있겠는가.

도로 곳곳을 마비시킨 사고 차량들의 운전자들은 대개 보균 상태였을 것이다. 1기에서 2기로 넘어가는 바로 그 순간에 사고를 겪었을 터다. 의식을 잃어가는 상태에서 운전대를 쥐었으니 음주 운전과 본질적으로 다를 바가 없다. 그렇게 되면서까지, 목숨을 앗아갈 만큼 심한 1기의 통증과 고열을 견디면서까지 다들 어디로 가려 했을까. 곧 인간성이 만료된다는 것을 예감하면서도 끝내 가야 했던 곳은 대체 어디였을까. 뭘 하고 싶었을까. 누구를 만나려는 거였을까.

오랜만에 밥을 지어 먹었다. 카운터 옆방에 두 사람 먹고살 만치 벌여놓은 살림이 있었다. 쌀통에는 벌레가 꼬여 새 포대를 뜯었다. 밥을 먹는 동안에도 감염자들은 규칙적으로 벽에 부딪치고 있었다. 밥을 먹고는 빨래를 했다. 비품실에서 시트와 수건을 넉넉히 꺼내 와 챙겨두었다. 밥 짓고 남은 쌀은 10리터들이 김치 통에 담아 차에 실었다. 잠만 자고 갈 계획이었는데 뜻밖에도 꽤 수확이 있었다. 쥐들이 모텔 주인 내외를 파먹는 광경을 봤다. 저녁 먹을 때가 되도록 비가 그치지 않았다.

장마가 오려나.

남자애 말하는 게 노인네 같았다. 그러고 보니 사태 이후 비를 보기는 처음이었다. 혼자 차에 앉아 라디오를 들었다. 교통정보에서 날씨 소식을 알렸다. 수도권과 중부 지방에 태풍경보. 와이퍼가 아주 느리게 움직였다. 물살이 지워질 때마다 남자애가 보였다. 현관에서 팔짱을 끼고 나를 기다리고 있었다.

우리 여기서 살아요.

밥 먹다 갑자기 생각났다는 듯이 남자애는 말했다.

싫어.

나는 간결하게 대답했다.

어차피 갈 데도 없잖아요.

남편 만나러 간다고 했잖아.

전남편이라면서요.

이혼 소송 중이었어.

남자애는 한동안 말이 없었다. 잘 이해가 되지 않는 모양이었다.

뭐가 됐든 굳이 찾으러 갈 필요 없잖아요.

맞는 말이었다. 내가 가진 생각으로는 남자애를 납득시킬 자신이 없었다. 다만 내게는 그것 말고 달리 떠오르는 일이 없었던 것뿐이다. 이런 세상이어도 밤에는 자고 낮에는 움직여야 한다. 배가 고프면 밥을 먹고 소화가 되면 일을 봐야 한다. 자연스럽게 죽지 못해서 부자연스러운 일을 자꾸 해야 한다. 그런 식으로 하루하루를 막는 것은 어렵지 않다. 차만 있다면. 살기 위해서는 좀 더 먼 목표를 설정해야 한다. 내게는 그게 남편을 면회하는 일인 거다. 지금쯤은 죽었을지 모르고, 죽기 전 적어도 마지막 1년은 나를 사랑하지 않았을 전남편을.

너 아직 군대 안 갔다 왔지?

남자애의 표정이 혼란스러워 보였다.

앞으로도 못 갈 거 같은데요.

군번줄 있잖아. 개 목걸이라고 하는 거.

네.

전쟁 중에 군인이 죽으면 그걸 입에 넣고서 턱을 발로 찬대.

왜요?

이 사이에 그게 단단히 박히게 만들려고. 시체가 다 썩어서 해골이 되어도 빠지지 않게.

그런데요?

남편이 그거 하는 사람이었거든, 군대에서.

그래서요?

그 새끼 죽었으면 내가 턱 차주려고.

남자애는 더 이상 토를 달지 않았다. 그대로 식사가 끝났다. 별말도 없이 각자 방으로 흩어졌다. 간밤에 무슨 일 있었냐는 듯. 영화를 볼까 하다가 그냥 불을 껐다. 바람 소리가 점점 거세어졌다. 건물 전체가 흔들리는 것 같았다. 에어컨을 켜지도 않았는데 추웠다. 잠결에 뭔가 깨지고 무너지는 듯한 굉음을 들었다. 가만히 불을 켜고 나갔다가 남자애와 마주쳤다.

무슨 일이야?

저도 몰라요.

어렴풋이 예상한 그대로였다. 마침내 2층의 감염자들이 복도 끝 유리 벽을 부수고 아래로 떨어졌다. 감염자들의 팔다리가 이상한 각도로 굽어 있었다. 배와 등이 터지고 머리가 깨진 채였다. 감염된 연인들은 아주 천천히 몸을 일으키더니 다시 앞으로 나아가기 시작했다. 부러진 팔다리 때문에 완전한 전진이라고는 할 수 없게, 서로 조금씩 멀어졌다 다시 가까워지는 방식으로. 모텔 뒤편 비를 만나 한껏 물이 불어난 하천을 향해 감염자들은 걸어갔다.

이번에는 남자애가 같이 자자 청했다. 저런 꼴을 보고 혼자서 잘 수는 없다고 했다. 개수작 같았지만 그러라 했다. 아무 일 없이 날이 밝았다. 나는 잠을 잘 못 잤다. 비가 도통 그치지 않았다.

차 안에서 간단하게 요기했다. 모텔 방향에서 갑자기 폭발음이 들리자 남자애는 놀란 것 같았다. 비가 와서 어차피 불은 얼마 못 가 꺼질 거였다. 젖은 연기가 검게 피어올랐다.

불 지른 거예요?

그래.

왜요?

살균하는 사람 한둘쯤은 있어야지.

내 말에 남자애는 들고 있던 멸균우유 팩을 유심히 쳐다보았다.

불타는 꿈의 궁전을 뒤로하고 시동을 걸었다. 막힌 길만 없다면 오늘 안에라도 목적지에 닿겠다 싶었다. 도시에서 멀어질수록 진행 속도가 빨라지는 추세이기도 했다. 아무래도 차량 통행이 적으니까 막힌 곳도 적은 듯했다.

산길에서 급정거하자 졸던 남자애가 깜짝 놀라 깼다. 놀라기는 내가 배는 더 놀란 참이었다. 모퉁이를 돌자마자 막힌 길이었다. 산에서 무너져 내린 흙더미가 중앙선을 침범했다. 흙더미에 팔다리들이 아무렇게나 처박혀 있었다. 허우적거리는 팔다리들 사이사이에 비어져 나온 머리통들은 모두 눈이 탁했다. 감염자들이었다. 비 때문에 약해진 지

반과 함께 굴러떨어진 모양이었다. 차로 지나가기에는 길이 너무 좁았다. 삽으로 치우고 지나가자니 감염자들을 꺼내주는 꼴이 될 것 같았다. 비탈진 굽잇길이라 후진도 여의치 않았다. 돌아가다가 가드레일을 넘어 산 밑으로 굴러떨어지는 광경을 상상했다.

사이드브레이크를 올리고 시동을 껐다. 남자애는 내 눈치를 보며 안전벨트를 풀었다. 손도끼를 든 내가 먼저 내렸고 남자애는 차 뒤편으로 돌아와 내 옆에 바싹 붙었다. 조금 빠른 걸음으로 흙더미 앞을 지나쳤다. 가까이에서 보니 흙더미가 살아 있는 양 움칠거렸다. 그 앞을 벗어나자마자 달리기 시작했다. 내리막길이었다. 앞 유리창을 때리던 빗줄기는 여전했다. 넘어질 듯 달리면서 소리를 질렀다. 입안으로 들이치는 비와 입 밖으로 뿜어낸 입김이 뒤섞였다. 남자애도 악을 썼다. 달리기 시작할 때만 해도 내 뒤에 있던 남자애가 어느새 저만치 앞서갔다.

내리막이 끝나는 지점까지 차를 한 대도 발견하지 못했다. 굽이치는 내리막 다음은 더욱 구불구불한 오르막이었다. 중턱에 왕돈가스집이 있어 거기서 쉬었다. 라면을 찾았지만 가스가 나오지 않아서 부숴 먹었다. 남자애는 떨고 있었다. 그런 주제에 나한테 왜 그렇게 떠느냐고 했다. 캠핑카가 아까워서 눈물이 났다. 우는 동안 남자애가 내 팔에 자기 팔을 대고 있었다. 닿은 부분만 타는 듯이 뜨거웠다.

제가요, 학교에서.

울음이 멎을 무렵 남자애가 말했다.

저 나올 때 학교 꼴이 진짜 지옥 같았거든요. 감염되고 죽고 썩고. 방학이었으면 그나마 나았을 텐데 방학 직전이라 거의 다 기숙사에 있었고.

그래서.

솔직히 저도 죽을 줄 알았어요. 죽으려고 기다렸어요. 저만 멀쩡해서 미칠 거 같았고요.

그래서.

근데 아무리 해도 감염이 안 되는 거예요. 그 와중에 배는 고파서 하루에 라면 한 개씩 부숴 먹고. 다른 방 문 부수고 들어가서 먹을 거 훔쳐 오고.

어떤 전염병이든 일정 비율 이상의 인구는 자연적인 내성으로 이겨낸다는 말을 어디선가 들은 적 있다. 그중 하나가 이 남자애일 수도 있다. 정말 그렇다면 자연은 어쩜 이렇게 아무것도 모르는 애를 골랐을까. 딱하게도.

그래서.

그러다 죽기 전에 다른 사람 만나보고 싶어서 나왔어

요. 걸어서.

나는 남자애를 처음 본 사흘 전 밤을 떠올렸다.

그래서.

한 이틀인가, 사흘인가 계속 걷기만 했어요. 가방에 넣어 온 물이랑 먹을 거 다 떨어지고 더워서 가방도 버리고.

그래서.

가방 버린 날 밤에 누나를 봤어요.

나는 더 묻지 않았다. 무슨 말을 하려는지 알 것 같았다. 남자애는 쑥스러운지 뒷머리를 긁적였다.

솔직히 처음엔 존나 개 같은 년이라고 생각했어요.

나는 남 이야기 듣듯 픽 웃었다.

근데 개 같은 년이라도 보니까 반갑더라고요.

이게 가만 듣자니까 은근슬쩍 계속 개 같은 년이라고 하네.

지금 누나도 개 같은 년이라고 했잖아요.

또 그러네.

아니, 누나가 개 같은 년이라고 하니까.

빗줄기가 잦아들어 걸을 만했다. 욕할 때마다 내가 웃으니 신이 났는지 남자애는 개 같은 년이라는 말을 다섯 번쯤 더 했다. 해도 안 난 날씨에 산길이어서 시간을 가늠할 수 없었다. 추웠다. 공기가 습해서 숨 쉬기가 편치 않았다. 꼭대기에 올라 삼거리를 지나 계속 걸었다. 거짓말처럼 아반떼 한 대가 길가에 서 있었다. 차 키가 문에 꽂혀 있었다.

차에 타자 남자애는 금세 잠들었다. 어두워질 무렵 주유소를 발견했다. 주유기 앞에 카니발이 서 있었다. 유리창 안에 불이 환히 켜져 있었다. 사람이 있었다. 남자애를 한번 쳐다보고 액셀을 힘주어 밟았다. 남자애는 여전히 곤히 잠든 채였다. 깨어 있었다면 저 사람들을 만나보자고 했겠지. 어차피 핸들을 쥔 건 나니까 거절했겠지만.

충분히 멀리 달아났다고 생각할 즈음 백미러에 번쩍이는 불빛이 반사되었다. 카니발이 상향등을 켠 채 따라오고 있었다.

왜 저래.

나도 모르게 한 말에 남자애는 예? 하고 대답했다. 잠결이었는지 눈은 여전히 감은 채였다. 느낌이 좋지 않았다. 반가워서 따라오는 것치고는 너무 맹렬하고 집요했다.

추격 신이 있는 영화를 볼 때마다 왜 차를 버리고 맨몸으로 달아나지 않을까 궁금했다. 어차피 상대도 나를 붙잡으려면 차에서 내려야 할 텐데 하고. 주변에 숲이나 산 같은 게 있으면 모를까 뻥 뚫린 도로에서 차를 버리고 달아나

봐야 덥다며 방탄조끼를 벗는 것이나 마찬가지였다. '손에 땀을 쥐는'이란 표현이 얼마나 무서울 때 쓰는 말인지를 비로소 알게 되었다. 핸들을 붙든 손이 축축해졌다. 백미러 속 카니발은 점점 커졌고, 백미러에는 '사물이 거울에 보이는 것보다 가까이 있음'이라고 적혀 있었다. 그토록 가까이 와서도 카니발은 속력을 줄이지 않았다. 그대로 뒤를 들이받으려는 건가. 눈을 감아버리고 싶었다. 카니발이 바로 옆으로 붙었다. 카니발 운전자는 나와 나란히 달리며 조수석 창문을 내렸다. 어두웠지만 알아볼 수 있었다. 처음으로 만난 비감염자인 덤프트럭 운전수였다. 얼굴에 자명한 악의가 덧씌워져 있었다. 너일 줄 알았다. 트럭 운전수의 입 모양이 그렇게 읽혔다. 이상하리만치 안광이 형형해 소름이 돋았다.

카니발은 단숨에 나를 앞질러 나가더니 도로 가운데에 비스듬히 멈춰 섰다. 급정거를 하다가 혀를 깨물었다. 안전벨트에 배와 가슴이 콱 졸렸다. 젖은 길이라 평소보다 많이 미끄러졌다. 카니발과 닿을락 말락 한 지점에서 간신히 멈췄다. 후진, 후진을 해야 한다. 머리로는 생각했지만 팔이 굳어서 움직이지 않았다. 기어를 붙들고 와들와들 떠는 중에 굉음을 들었다. 트럭 운전수가 장도리로 앞 유리창을 내리찍었다.

내려, 이 씨발년아.

나는 남자애를 슬쩍 쳐다보았다. 남자애는 멈출 때의 반동으로 앞에 쏠린 그대로, 안전벨트에 매달린 모양으로 기울어져 있었다. 이 와중에 자나. 급정거할 때 기절했나. 별안간 혀가 알알했다. 트럭 운전수가 한 번 더 장도리를 높이 쳐들었다. 나는 손을 들어 보이고는 안전벨트를 풀고 차에서 내렸다. 차 문을 닫기도 전에 운전수가 솥뚜껑 같은 손으로 내 뺨을 후려쳤다. 뜨거웠다. 통증보다 먼저 열이 느껴졌다. 눈꺼풀 안에서 번쩍 불꽃이 이는 듯한 착각이 들었다.

너 때문에, 씨발년아, 내가 얼마나, 어? 고생을, 처, 했는지, 아냐?

구타는 쉴 틈 없이 이어졌다. 쓰러져 몸을 옹송그린 채로 트럭 운전수의 발길질을 피해 뒹굴다가 상향등 불빛에 가랑비가 흩날리는 걸 봤다. 그 순간 트럭 운전수가 갈빗대께를 발로 콱 밟았다. 숨을 쉴 수 없었다. 내가 몸부림을 멈추자 트럭 운전수의 발길질은 더욱 빨라졌다. 턱을 차일까 봐 입을 꽉 다물었다. 내겐 깨물 군번줄도 없는데. 여기서 죽으면 누가 알아봐 줄까. 이런 시대에 전염병으로 죽지 않는 걸 다행으로 여겨야 할까. 트럭 운전수가 머리통을 서너 대 연달아 걷어찼다. 눈앞이 흐려졌다.

따라와, 개 같은 년아. 내가 얼마나 찾아다녔는지 아냐? 어? 너 같은 년이 빨리 뒈졌어야 하는데.

트럭 운전수가 내 머리채를 콱 쥐었다. 머리 가죽이 통째로 벗겨져 나갈 것 같아서 손발로 기며 뒤를 따랐다. 상향등 불빛에 누군가의 다리가 휙 스쳐 지나갔다. 이윽고 트럭 운전수의 손에서 힘이 풀렸다. 손도끼를 쥐고 있는 남자애를 나는 꿈결인 듯 올려다보았다. 트럭 운전수에게서 뜨거운 피가 솟았다. 그는 어깨를 붙든 채로 장도리를 찾아 바닥을 더듬었다. 남자애가 한 번 더 도끼를 높이 들어 올렸다. 질끈 감은 눈꺼풀 위에 더운 피가 튀었다. 남자애는 더 이상 움직이지 않는 트럭 운전수를 발로 차 길가 도랑으로 밀어 넣었다. 그러는 남자애가 아주 낯설게 느껴졌다.

누나, 괜찮아요?

나는 남자애의 부축을 받아 일어났다. 토할 것 같았다. 실제로 입안에 고인 피 절반은 삼켰다가 게워 올린 거였다.

불. 불붙여야 하는데.

저 사람은 감염된 거 아니잖아요.

피를 뒤집어쓴 얼굴을 하염없이 닦으면서 정말 그런지를 의심했다. 사람 같지 않을 만큼 빛나던 눈, 이상하게 뜨거웠던 손바닥, 어쩌면 증상 발현 직전의 잠복기였을지도 모른다. 이미 증상이 나타나기 시작했는데 기이한 집념을 발휘해 나를 찾아다닌 것인지도.

울어야 한다는 생각이 들었다. 염려대로 트럭 운전수가 보균자라면 눈으로 들어온 혈액에 감염될지도 모르니까 눈물로 어서 씻어내야 했다. 그런 생각은 결국 남자애 때문이었다. 트럭 운전수가 보균자가 아니라면 남자애는 평범한 사람을 죽인 셈이 되니까.

남자애는 유리창이 박살 난 아반떼와 트럭 운전수가 몰던 카니발을 번갈아 보다가 카니발 쪽으로 나를 부축해 갔다. 남자애가 생각보다 빠르게 생존 감각을 익히고 있다는 확신이 들었다. 나는 조수석 앞에서 멈춰 섰다.

나 운전 못 해. 앞이 잘 안 보여.

남자애는 내 안전벨트를 채워 주고 운전석에 앉았다. 흐릿한 시야에 이제 어쩌죠 하는 표정으로 나를 바라보는 남자애가 비쳤다.

안전벨트 매.

기침하며 내가 말했다. 순서가 맞는지 기억이 잘 안 났다. 직접 해봐야 알 것 같아서 허공을 향해 손을 휘저었다.

뒤 잘 보이게 룸미러 조정하고. 키를 끝까지 돌려. 가운데가 브레이크. 오른쪽에 액셀.

남자애는 덜덜 떨면서 열쇠를 비틀었다. 카니발이 기침하듯 떨며 깨어났다. 와이퍼가 움직이기 시작했다.

사이드브레이크 올리고 후진 기어 넣어. 일단 뒤로 빼야 해. 기어 뒤로 끝까지 당기고 액셀 밟아.

갑자기 몸이 붕 뜬 듯하더니 누군가 뒤에서 나를 잡아끄는 느낌이 들었다. 차가 크게 돌았다. 남자애의 어깨가 긴장으로 완전히 굳은 걸 보지 않아도 알 수 있었다. 내가 처음 운전을 배울 때 그랬으니까.

액셀에서 발 살짝 떼고 핸들을 왼쪽으로 끝까지 돌려. 기어 앞으로 끝까지 밀고 핸들 풀고.

카니발이 천천히 앞으로 움직였다.

이렇게 하는 거 맞아요?

남자애가 불안한 듯 물었다. 나는 대답하지 않았다. 앞으로 잘 가고 있는 거 보면 모르나. 핀잔을 주고 싶은데 말은 잘 나오지 않고 자꾸 눈이 감겼다. 기침을 하자 비릿한 피 맛이 혀뿌리에 번졌다.

누나, 자면 안 돼요. 무서워요.

남자애 목소리가 현실감 없이 들려왔다. 조금 전에 나 때문에 사람을 죽인 애가 나더러 무섭다고 했다. 이 애에게 운전을 다 가르치기 전까지 죽지 않을 수 있을까. 아주 천천히 죽을 수 있을까.

당장 죽어서는 안 되는 이유 하나가 지금 막 떠올랐다.

안 잘게. 라디오 좀 켜줘.

남자애는 내가 시키는 대로 했다. 보닛에서 안테나가 길게 돋아나는 광경을 상상하며 눈자위를 문질렀다. 흘러간 유행가를 피해 남자애는 채널을 이리저리 돌렸다. 소용없는 일이라고 하려는 찰나 처음 듣는 노래가 흘러나오기 시작했다.

젤로의 변성기

여자애

여자애가 있다.

어리고 예쁘고 재능 있는 여자애.

어리기 때문에 아직 순진한 구석이 있고, 자기가 예쁘다는 것을 알고는 있는 듯하지만 '그렇게' 예쁘다는 것만은 영원히 눈치채지 못할 듯한 아이. 재능에 대해서도 비슷한 평가가 가능할 것이다. 스스로 좋은 목소리를 가졌음을 알고 이 업계에 관심이 있어 진입했지만 어째서인지 적당히, 그저 그런 '여자' 연기만을 해왔다.

이름은 희강. 이희강.

희강과는 오디오북 녹음을 할 때 처음 만났다. 살아 있는 이상, 같은 일을 하는 이상 어떻게든 만나게 되었을 것이고 그게 언제가 되었든, 어떤 방식으로 변주되었든 일어나야 할 일들은 일어났을 것이다.

순정 만화

그때 아리데쟈의 머리 위로 모여든 빛이 화살 모양으로 변하며 시위에 내려와 걸렸다.

나는 가득 모아뒀던 숨을 터뜨리듯 내뿜으며 외쳤다.

"안 돼, 쏘지 마!"

하뮈티온의 목소리가 카밧사산의 검붉은 밤하늘을 찢었다. 놀란 산새들이 일제히 솟구치듯 날아올랐다.

수천수만 개의 깃발이 한꺼번에 나부끼는 듯한 효과음이 울렸다.

나는 문득 헤드폰 밖 공간이 얼마나 고요할지를 생각했다.

아리데쟈는 고개를 돌려 하뮈티온을 바라보았다. 아리데쟈의 사나운 눈을 향해 하뮈티온은 절박하게 외쳤다.

녹음실 유리 너머에서 피디가 바로 지금이라는 듯 손으로 허공을 내리쳤다. 급히 대본을 보고 다시 숨을, 왜냐하면 대사 앞에 숨을 몰아쉬며, 라는 지시가 있기 때문에 숨을 모은 다음

"그 사람은!"

그렇게 외친 순간 녹음실의 온에어 불빛이 꺼졌다.

"잠깐 쉬었다 합시다."

먼지가 날아다니는 소리가 들릴 만큼 조용했으므로 누군가 탄식하는 소리도 똑똑히 들을 수 있었다. 피디는 배역 하나하나를 두고 잔소리를 늘어놓았다. 호흡이 느리네 급하네, 숨 쉬는 소리가 너무 크네, 파열음이 너무 튀네. 진짜 문제는 내게 있다는 것을 그 자리의 모두가 알고 있을 테지만 어쨌든 최고참인 나를 민망하지 않게 하려고 애쓰는 듯했고, 그 노력에 미안한 마음도 고마운 마음도 전혀 들지 않았다. 대체로 박자가 느린 것은 나. 느리다는 것을 의식해서 남의 대사 뒤에 너무 틈 없이 바싹 치고 들어가는 실수를 저지르는 것도 나. 숨 쉬는 소리가 큰 것은 녹음실이 건조해서인지 어째선지 모르겠고, 파열음이 튀는 것은 신인 시절부터 꾸준히 지적받던 습관. 하지만 꼭 내 탓이라고만 할 수도 없지. 두 번이나 거절한 배역을 마지못해 수락해 줬으면 알아서 수습하라지.

나는 헤드폰을 벗고 대기실에 나와 앉았다. 이후로는 내 캐릭터가 등장하지 않는 회상 장면이 이어질 참이어서 적어도 이삼십 분은 기다려야 했다.

그때 작은 머리통이 귀와 어깨 사이에 살그머니 끼어 들어와 속삭였다.

"선배님, 이따 사진 한 장 같이 찍어주시면 안 될까요?"

나는 잠시 망설이는 척하다 답했다.

"싫어."

그런 다음에야 그 애와 눈을 마주쳤다. 거절에 당황했고 조금 슬프기도 하지만 대선배 앞에서 실망한 내색을 보이면 안 될까 봐 어쩔 줄 몰라 하는 예쁜 얼굴.

얘는 완전히 순정 만화구나.

나는 그 애의 예쁘장한 얼굴과 자그마한 몸집을 보며 생각했다.

그것도 판타지.

아리데자 역을 연기하는 애였다. 과장을 조금 보태어 엘프 궁수 아리데자를 실사판으로도 연기할 만한 생김새였다.

"사진은 별로야."

내 말에 그 애는 고개를 크게 끄덕였다. 그런데 대신 할 수 있을 만한 게 없구나. 이어서 한 말에 또 두 번 끄덕이는 고개. 적어도 내가 저를 마음에 들지 않아 해서 사진을 거절한 것은 아니라는 점에 안심하는 내색. 더해서 뭔가 어떤 말이라도 내게 건네서 대화를 이어가고 싶은 조바심. 그게 전부 한 얼굴에 담겨 있다는 게 신기하기도 하고 피곤하기도 했다.

"선배님 정말 팬이에요. 젤로 목소리도 너무 좋아하고요. 이번 하뮈티온 캐릭터도 멋있어요."

나는 가만히 눈만 아래로 내려떠서 그 애의 이름과 캐릭터를 확인했다. 아리데자 역 이희강. 치아프 숲 출신 엘프. 용병으로 추정되는 수수께끼 인물에 의해 친누이 이마라를 잃었다. 이마라를 보호해 주지도, 그녀가 떠난 후 제대로 예를 갖추지도 않은 엘프 사회에 환멸을 느껴 인간들 틈에 섞여 살아가고 있다. 복수하고자 직접 용병이 되어 정보를 수집하던 중 고용주의 명령으로 주인공 제나 일행과 동행하게 된다. 우여곡절 끝에 친누이 이마라가 살아 있다는 것을 알게 되지만 자신의 오해로 죽일 뻔했다는 죄책감에 일행을 떠나려 한다.

"저는 원작 팬이기도 한데, 하뮈티온 정말 인기 많거든요. 특히 동인녀들은 주인공보다 하뮈티온 더 좋아해요. 선배님 캐스팅 정보 풀리면 난리 날 거예요."

하뮈티온은 콘사다성 성주의 이복동생으로 성주 세습의 권력 다툼에서 벗어나 마법사가 된 인물이다. 과묵하나

지혜로워 제나 일행의 등대 역할을 수행한다. 불같은 성격의 제나와 얼음 같은 성격의 스뮤키다를 중재하며 코믹한 장면을 연출하기도. 제나 일행과 만나기 전부터 인연이 있던 이마라가 자신에게 연정을 품고 있다는 것을 알지만 그녀의 언니 아리데쟈를 사랑하게 된다.

마지막 문장을 읽고 나서 희강을 쳐다보았을 때 모든 것이 이해되는 느낌이었다.

그때 이미 많은 것을 예감한 듯하다. 정확히 무엇에 대한 예감인지는 모른 채로.

이름

스케줄을 마치고 돌아가는 길에 희강의 이름을 인터넷에서 검색해 봤다.

이희강, 21세, 소속사 세컨드임팩트, 데뷔 케이블 2U 〈픽업 라디오스타〉(세미파이널). 케이블 2U 성인 다큐멘터리 〈리얼남자〉(내레이터). 케이블 애니월드 〈스타☆스타 레볼루션〉(예라 역). 모소프트 〈섹시맞고〉(클럽녀 역)…….

데뷔 프로그램명이 눈길을 끌었다. 서바이벌 오디션 프로그램의 인기에 편승해 어느 케이블 채널에서 단 한 명만을 선발하는 성우 특채 과정을 방영한 적이 있다고는 들었다. 심사 위원을 제안받았지만 스케줄 문제로 거절했다. 2년 전이었나. 희강은 당시 미모로 제법 화제가 되었던 모양이다. 일본 성우계에서 하는 것처럼 성우 아이돌을 키우자는 취지의 프로그램이었으나 일부 마니아층 외에는 큰 반향을 일으키지 못해 일회성 기획으로 그쳤다고 했다. 레퍼런스로 쓸 애니메이션이며 외화 작품의 저작권 문제도 복잡했겠지. 그렇지만 아마도 희강 같은 사람을 찾기 위해 치러진 오디션이었을 테고, 시간이 흘러 결국 희강이 우승자보다 더욱 주목받는 것을 보면 실패한 기획이라고만은 할 수 없을 터.

그때 심사 위원으로 출연해 달라는 제안을 수락했다면 더 빨리 만날 수 있었겠지. 그랬다면 희강은 우승자가 되었을지도 모르겠다.

스크롤을 조금 내리자 회원수 1000명 규모의 팬 카페, 희강이 맡은 배역들에 대한 블로그 리뷰 수백 개가 요약되어 나왔다. 이미지 검색 결과로 보아 벌써 팬 미팅도 한 번 치른 듯했다. 미모에 대한 찬사 외에 왜 걔는 뭘 해도 목소리가 다 똑같냐는 둥, 무슨 성우가 발음이 이리 안 좋냐는 둥의 지식 검색 질문도 많았다. 질투를 많이 받을 타입 같기는 했지. SNS 검색 결과 탭으로 넘어가니 성우, 얼짱성우, 성우돌, 픽업_라디오스타 등의 해시태그가 눈에 들어왔다. 인기에 비해 출연작 목록이 변변치 않다 생각은 했는데 해시태그에도 주요 배역 이름이 없구나. 아직 젊으니 크게 대수로워할 것 같지는 않지만.

나는 검색창에 입력해 둔 희강의 이름을 전체 선택한 다음 내 이름을 썼다. 다시 그 이름에 블록을 지정하고 희강이라는 이름을 입력했다. 엎치락뒤치락 이름을 덮어쓰면서 내 이름과 희강의 이름이 차례로 화면에 떠올랐다. 오선재. 이희강. 오선재 이희강 오선재. 이희강 오선재 이희강. 두 이름 모두가 낯설어질 때까지 쓰고 지우기를 반복하다가 택시에서 내렸다.

그러는 게 뭐가 그렇게 재미있었는지 모르겠지만 지금도 그러라면 그럴 수 있을 것 같다.

젤로

젤로는 케이블 채널에서 '젤리 – 젤라 – 젤로몬'이라는 제목으로 장기 방영 중인 일본 애니메이션의 주인공이다. 모르긴 몰라도 최장수 프로그램 중 하나일 것이다. 원작 코믹스는 아직 완결이 나지 않았고 애니메이션화한 작품이 한 해에 한두 시즌씩 발표되고 있으니까. 몇 년 전부터는 극장판 애니메이션도 꾸준히 나온다. 자막판보다 더빙판 수요가 높은데 더빙판 관객 대부분이 성인인 애니메이션은 젤로몬 시리즈가 거의 유일할 것이다.

내가 젤로의 목소리를 연기한 세월은 희강의 나이와 대략 비슷하다. 말하자면 희강과 함께 나이를 먹은 이 작품이 나를 먹여살리고 있는 셈이다. 출세작이기도 하고 대표작이기도 하고 평생의 연금이기도 한 나의 분신.

한국판 젤로의 목소리는 팬들 사이에서 원어판에 뒤지지 않는다는 소리를 들을 만큼 평이 좋고, 일본 젤로 성우가 두 번째로 교체된 몇 년 전부터는 한국판이 낫다는 말까지 나오는 듯하다. 한편 열여섯 살 외모의 소년 악마 목소리를 50대 여성이 낸다는 사실을 알고도 마냥 좋아해 주는 이는 많지 않은데 20여 년 내내 50대는 아니었기에 성우로서 인기도 누릴 만큼 누렸다. 이 평가들은 그 캐릭터를 연기한 당사자가 의식하기에는 어색한 느낌이지만 나 말고 대체 누가 모두 동시에 의식할까 싶은 의견들이기도 하다.

정확히 내가 아니면 누구도 말할 수 없는, 오로지 젤로를 연기하는 사람만이 낼 수 있는 고유한 의견도 물론 있다. 일본 원작의 성우조차 두 번이나 교체된 마당이니 젤로를 연기한 사람의 의견 중에 내 의견보다 고유하고 정통한 것은 앞으로도 나오기 어려울 터다. 그렇지만 바로 그런 이유에서 나는 아무에게도 내 생각을 밝히지 않을 작정이다.

나의 젤로를 생각하면 늘 석류가 함께 떠오른다.

왕년에 미녀 배우로 추앙받았으나 이제 엄마나 이모 배역밖에는 주어지지 않는 여자들의 연로에 대해서도.

성우들은 다르다. 관리만 잘하면 오랫동안 같은 캐릭터를 연기할 수 있다.

당연히 젤로를 맡았던 첫 순간부터 이런 생각을 하지는 않았다. 그때는 내가 이렇게 오래 이 역할을 맡을 거라 예상하지 못하기도 했고.

문득 내 안의 젤로가 변성기를 맞으려 한다는 생각이 든 순간이 있었을 따름이다. 일정한 호흡과 일정한 정서로 연기하는데도 어쩐지 전과는 다른 소리가 난다고 느낀 순간.

그즈음 생리가 완전히 끝났다. 남들보다 빠른 줄은 알았지만 병원에서 말한 것처럼 조기 폐경이라고 느끼지는 않았다. 그것만 빼면 건강한 편이었고 오히려 앞으로 편해지겠다는 안도가 더 컸다. 애정을 갖고 있는 주특기 캐릭터 연기가 어려워졌다는 것을 깨닫기 전까지는 그랬다.

다른 노력은 할 줄 몰라서 꾸준히 먹는 것으로 극복하려 했고, 특별한 일이 없는 이상 잠들기 두어 시간 전 무조건 온수에 일대일 농도로 희석한 석류즙을 마셔 왔다. 따뜻한 석류즙은 역하지만 차갑게 마시면 목이 칼칼해 기침이 나니까. 기침을 해서 기도와 성대에 무리를 주는 것보다는 코를 쥐고 단순한 온수라 믿으며 마시는 편이 나으니까. 장복을 견디면서 역한 목 넘김도 그럭저럭 참을 만하게 되었다. 냉장고 야채 칸을 신선한 석류즙으로 그득히 채워둔 지가 5년이 넘었다. 기분 탓인지 실효가 있어서인지 모르겠지만 그러고부터는 다시 젤로를 연기하는 데에 무리가 없어졌다.

그러니까, 영원히 열여섯 살 소년이기 위해 여자로서의 노화를 최대한 유예해야 했고 실제로 그러려고 노력해 왔으니까, 이런 말을 한들 누구도 이해할 수 없을 테고 이해받기를 기대하지도 않으니까 아무에게도 이에 대해 말할 수 없다.

누군가는 이해하리라고 믿지만 그건 내게 직접 들어서가 아니라 그 사람이 알아차려서라야 한다.

선생님

오디오북 작업 둘째 날 스튜디오에 도착했을 때 희강은 없었다.

스태프들은 희강이 처음엔 좀 늦겠다고 하다가 출연진이 모두 모이고도 삼사십 분 지나고부터는 숫제 연락을 받지 않는다며 울상을 지었다. 아리데자가 등장하지 않는 부분을 준비하느라 녹음이 지연되는 동안 다들 대놓고 험담을 늘어놓았다. 모두 젊지만 희강보다는 경력이 있는 사람들이었다.

아는 분 얘기 들어보니 걘 원래 좀 놀던 앤가 봐요. 성우라 인지도도 별로인데 연예인입네 통제가 안 된다고. 그러게 공채로 시작해서 착실히 경력 쌓은 애들이 최고지, 새파란 게 무슨 소속사까지 두고. 여긴 대체 어떻게 들어온 거야? 원작자가 걔 팬이래요. 하여간 오타쿠들, 그 흔한 목소리 뭐가 좋다고.

흔한 목소리였나?

데뷔 즈음 나도 비슷한 말을 선배에게서 들은 기억이 난다. 여자 성우들이 내는 남자애 목소리 다 똑같다고. 주연 배역을 한 번도 못 맡아본 남자의 질투려니 생각했다. 소년의 음성을 내기에는 너무 낮고 거친 음색을 지녀 주인공의 아빠나 이웃 아저씨, 선생님 역할이 고작인 사람. 그에 비하면 나는 운이 엄청나게 좋았다. 데뷔 때부터 주인공이었고 맡은 배역마다 주연이 아닌 적 없었다. 적어도 이번까지는.

평생 소년 만화의 남주인공만을 도맡아 온 나로서는 희강의 아리데쟈와 같은 연기를 누구나 할 수 있다는 말은 이해하기 어려웠다. 다섯 살 사내아이로서 들어온 엄마의 것과도, 열여섯 살 소년으로서 들어온 여왕님의 것과도 달랐다. 그건 하뮈티온이 아리데쟈를 사랑하게 되어서일까? 내 캐릭터가 그 애의 역할을? 내가 그 애를?

희강은 아리데쟈 없이 한 챕터 분량을 끝마칠 무렵에야 나타났다.

"죄송합니다 같은 말 모르니."

내레이터 역할의 성우가 가라앉은 목소리로 한마디 했다. 피디에게 한바탕 혼나고 녹음실로 살금살금 들어오던 희강이 살포시 웃었다.

"죄송합니다."

"웃어? 웃음이 나와?"

희강의 연기에 악담하던 여자 성우 하나가 날 선 목소리로 희강을 몰아세웠다. 발음이 무섭도록 깔끔해서 더 날카롭게 들렸다. 다른 성우들은 웃거나 자기들끼리 소곤거릴 뿐 말릴 생각이 없는 듯했다. 이미 충분히 혼났을 텐데 너무 다그치지는 말라 할까. 웃음기가 싹 가시고 금방이라도 울음을 터뜨릴 것 같은 곱상한 얼굴이 안쓰러웠다.

"너 같은 게 오선재 선생님 같은 분하고 작업할 기회가 또 있을 줄 알아?"

뜬금없이 튀어나온 내 이름에 내가 가장 놀랐는데, 그 말이 나오길 기다렸다는 듯 다들 달라붙어 한마디씩 거들었다.

"그래, 선생님도 안 하시는 지각을 가장 어린 애가, 그것도 두 시간이나."

"다들 선생님이 와주신 것만도 감사한데 넌 아닌가 보다."

"하긴 이희강 씨 대단하시잖아."

"사과드려."

"맞아, 선생님께 사과해. 얼른."

지각하고 작업을 지연시킨 거야 물론 잘못이지만 가만히 있는 나를 내세워 혼낼 필요는 없지 않나?

잘 걸렸다 하고 마음껏 희강을 비난하는 모두에게서 한 발짝 물러나고 싶어졌다.

지금 내가 사과받아 마땅한 사람이 있다면 희강 씨가

아니라 여러분이야. 새카만 후배 하나 잡으려고 나를 팔아?

근엄하게 꾸짖는 대선배의 목소리를 연출하려는 참에 희강이 고개 숙여 사과했다.

“죄송합니다, 선배님.”

“재 좀 봐, 선배님이래.”

앞장서서 희강을 나무라던 이가 빈정거렸다.

“희강 씨, 오선재 선생님은 희강 씨 태어나기도 전에 데뷔하신 분이야.”

희강은 말을 고쳐 사과하며 허리를 더욱 굽혔다.

“정말 죄송합니다, 선생님. 다음부터 이런 일 절대 없도록 하겠습니다.”

“이럴 것까진 없어, 고개 들어.”

희강의 어깨를 감싸 일으키자 촘촘히 돋은 속눈썹들이 젖어 가닥가닥 뭉친 눈이 나를 올려다보았다. 그 속눈썹이 가슴을 찌르는 가시처럼 아팠다.

“난 괜찮으니 다들 너무 나무라지 말아. 다음부턴 그러지 않겠다는데.”

희강은 혼날 때 잘 참았던 울음을 너그러운 말 한마디 듣고서야 터뜨렸다.

생각해 보면 여느 여자애들이나 그렇게들 했던 것 같고

나도 크게 다르지 않은 듯한데 생전 처음 겪는 일처럼 당황스러웠다. 달래느라 등을 살살 쓸어주자 희강이 스스럼없이 안겨왔다. 머쓱해하거나 고소하다는 듯 쳐다보던 성우들의 입이 떡 벌어졌다. 나는 우는 희강을 안고 토닥이면서 나도 아니고 젤로도 아닌 어떤 소년의 이미지를 떠올렸다. 여자가 울 때 어떻게 달래야 하는지 배운 적 없는 소년의 난처함에 대해서.

녹음은 십 분 정도가 더 지연되었고 아리데자의 컨디션은 내내 좋지 못했다.

안경

문득 눈의 이상을 느낀 것은 오디오북 녹음 작업이 끝나기 하루 전날이었다. 안 그래도 부쩍 눈이 자주 피로해져서 대본을 받아도 내 부분만 읽게 된 지가 한참이었는데 무리해서 스무 권에 이르는 원작 소설을 다 읽은 게 원흉인 듯했다. 아무리 큰 글자라도 물에 담가놓은 것처럼 일렁거려 보였고 웬만큼 작은 글씨는 아예 지저분한 얼룩처럼 느껴졌다.

"노안이네요."

안경점 주인은 대수롭지 않은 투로 말했다. 시력검사대에 올려둔 턱에서 긴장이 빠져나갔다.

"당뇨 같은 건 없으시죠?"

"네."

노안이라는 낱말의 질감은 오래 도망치다 마침내 붙잡힌 사람이 느낄 법한 무력감과 이상한 안도로 이루어져 있었다. 내가 늙었구나. 모르지 않았으나 남의 입으로 듣고 싶지는 않은 말이었다.

"나이 마흔 넘으면 이르든 늦든 누구에게나 노안이 와요. 오선재 님도 연세에 비해선 불편을 늦게 느끼신 것 같네요. 지금부터만 관리 잘하면 걱정하실 것 없어요."

안경점 주인이 고객 카드에 적힌 이름과 나이를 건너다보며 말했다. 그 건조하고 사무적인 태도가 고맙기도, 조금 불쾌하기도 했다. 고마움도 불쾌함도 이유는 같았다. 그가 나를 이 정도 나이에 이른 누구와도 다르지 않게 대하고 있다는 것.

"그럼, 어떡해야 하나요."

"안경을 맞춰야겠지요?"

주인은 안경점에 뭐 하러 왔냐는 투로 되물었다.

"오늘은 늦었으니 테만 고르시고, 내일 오전쯤 안경 찾으러 오세요. 결제는 지금 도와드려도 될까요?"

계산을 마치고 나와 집으로 걸어가는 길에 편의점 전광판으로 〈젤리-젤라-젤로몬〉 극장판 애니메이션 예고편을 보았다. 아직 녹음 작업이 시작되지 않은 신작이지만 더빙 없이 영상과 주제곡만으로 예고편을 구성한 모양이었다. 다음 주부터 본격적으로 시작될 작업을 생각하면서 잠시 멈추어 섰다가 뭉개져 보이는 총천연색들 가운데서 희강의 이름만을 또렷이 건져냈다.

전번의 소란 덕인지 오디오북 마지막 작업은 큰 탈 없이 끝났다. 뒤풀이가 있다 했지만 젊은이들 노는 자리 무슨 재미로 끼겠나 너스레 떨자 다들 굳이 붙잡지 않았고 그게 조금 섭섭하게 느껴졌다. 무리 지어 인근 유흥가를 향하는 뒷모습들을 멍하니 보았는데 문득 정신을 차려보니 희강이 내 앞에 있었다.

"선생님, 뭐 타고 돌아가세요?"

택시.

"지하철."

"어, 저도요. 같이 걸으실래요?"

"그래."

순간 목 안으로 들이치는 숨을 여러 번 나누어 뱉고 간신히 답했다. 함께 몇 걸음인가를 걷고 물을까 말까 망설이다 결국 말을 꺼냈다.

“왜 뒤풀이 안 갔어?”

“굳이 저한테는 같이 가자고 안 하시던데요, 다들.”

괜한 말을 꺼냈다 싶었고 더는 딱히 건넬 말이 떠오르지 않아 곤혹스러웠다. 그러면서도 지하철역이 스튜디오에서 멀어 다행스럽다 생각했다.

“안경 잘 어울리세요.”

“그래?”

“네, 훨씬 젊어 보이세요.”

쑥스러우려다 기분이 상했다. 다시 한동안 말없는 걸음이 이어졌다. 이번에도 먼저 입을 연 쪽은 희강이었다.

“선생님, 저 이번에 젤로몬 극장판 캐스팅됐어요.”

“선생님이라고 부르지 마.”

나는 희강이 아니라 먼 허공에 시선을 둔 채 뻣뻣하게 말했다. 희강은 곧바로 말을 고쳤다.

“다음 작업도 선배님이랑 하게 됐어요.”

“예고편에서 봤어. 어떤 역이니?”

“뻔하죠, 여름 특집 극장판에 나오는 오리지널 캐릭터

라는 게. 제가 해외 웹 쪽 좀 찾아봤는데, 젤리랑 젤로가 임무를 잘 수행하고 있는지 확인하려고 마계에서 특별 파견한 악마 소녀래요. 웃기죠."

"그렇구나."

"근데 벌써 예고편이 떴어요? 신기하다."

"수입 애니니까 영상은 다 제작이 되어 있는 셈이잖아."

"그러네요."

"그렇지."

"선배님."

"응?"

"팔짱 껴도 돼요?"

"그래."

이야기를 나누면서 조금 가라앉던 맥박이 다시 빨라지는 것을 느꼈다. 팔과 허리 사이에 끼어드는 작은 손을, 미묘한 열기를 감지하면서 팔을 약간 굽혀주었다. 어느 정도로 구부려야 여자애가 편할지, 팔 위에 얹힌 그 애의 손이 얼마나 예쁠지, 팔짱을 낀 채로 어색하지 않게 걸으려면 어떻게 해야 할지 두서없이 생각하는 사이 어깨에 희강의 작은 머리통이 슬며시 기대어 왔다.

"선배님은 꼭 저희 엄마 같으세요."

나도 모르게 희강의 손을 뿌리쳤다. 어깨에 기댄 희박한 무게를 지켜주고 싶은 생각은 들었지만 엄마 같다는 말 따위를 듣고 싶지는 않았다. 희강의 손을 놓는 순간 나는 예쁜 소녀의 손이 닿아 수줍음 타는 소년에서 오래 사용한 여자의 육신으로 강제 송환된 듯한 기분이었는데 그건 실제로 일어난 일과 크게 다르지도 않은 감각이었다. 민망한 표정을 애써 감추려 하는 희강의 얼굴이 안경을 썼는데도 한없이 아득하게 보였다.

"미안해. ……놀라서 그랬어. 벌레가……."

"아니에요. 제가 주제넘었나 봐요."

변명은 희강의 실망스러워하는 목소리에 가로막혔다.

"정말 미안해."

팔을 뿌리친 진짜 이유를 희강이 영원히 눈치채지 못하리란 사실에 생각이 닿자 마음이 놓였다. 그렇지만 희강이 사과를 받아주지 않는다면 영원히 슬플 거라는 생각도 동시에 들었다.

"정말 괜찮아요. 오히려 죄송하죠. 좀 버릇이 없죠?"

"그런 게 아니야."

"다른 선배들도 다 그런 말씀 하시는 거 알고 있어요. 얼굴 믿고 까분다, 뭐 그런 얘기 있잖아요. 다 알아요. 다 듣고 있어요. 그런데요, 저 진짜 진지해요. 좋은 성우가 되고 싶어요."

떨리는 목소리를 붙들어 주고 싶은 마음이 들었다. 하다못해 손이라도 다시 잡아주어야 하나 고개를 숙인 채 골똘해졌다. 잡아주어야 하는 게 맞는지 그냥 내가 그러고 싶은 건지 헷갈려하면서.

"전에도 말씀드렸지만 진작부터 선배님 팬이었어요. 저 덕질 오래 했거든요. 전문 성우가 되기엔 소질이 부족하다는 말도 많이 들었지만 선배님 연기 보면서 꼭 성우 되고 싶다 생각했어요."

그 말을 듣자 와중에도 조금 우쭐해지려고 했다. 어른스럽지 못하다 스스로를 나무라면서 애써 얼굴의 웃음기를 지웠다. 희강은 조금 떨면서 말했다.

"꼭 선배님처럼 되고 싶어요."

그 말은 엄마 같다는 말보다 훨씬 슬펐다. 나처럼은 안 돼, 라는 말이 울음이 터질 듯 부풀어 좁아진 목 안을 자꾸 더듬어 나오려 했다. 왜요, 라고 묻겠지. 나처럼 되어선 안 된다는 말이 나처럼은 될 수 없다는 말처럼 들리겠지. 저주라고 생각하겠지. 그렇지만 그 애가 이해할 수 있게 말할 자신이 없었다. 그래 꼭 나처럼 되렴 하고 별 마음 없는 덕담을 건넬 수도 없었다. 그거야말로 저주라는 사실을 내가 아니까. 거의 평생을 소년의 목소리로 살고, 그걸 잃지 않으려고 발버둥까지 쳐야 하는 것이 어떤 일인지를.

끝내 희강의 손을 다시 잡지는 못한 채로 지하철역에 다다랐다. 그쯤에는 손을 잡으려는 마음이 내 욕심일 뿐이라는 사실이 더할 나위 없이 분명해져 있었다.

몽정

집에 도착해서는 공기청정기 파워를 3단계로 올리고 샤워를 한 뒤 더운 물에 탄 석류 음료를 마시고 양치에다 꼼꼼하게 가글링까지 한 다음 바로 침대에 누웠다. 침대에 눕기까지는 늘 하던 대로와 같지만 평소보다 일찌감치 잠을 청하기로 했다. 피곤했으니까. 잠과 깸의 경계에서 문득 나를 만지는 차고 부드러운 손길을 알아차렸다. 어떤 이도 이런 방식으로 나를 만지지 않은 지 오래되었다. 골반 부근을 헤매는 손 위에 손을 포개고, 거기 이어진 손목과 팔을 이불 속에서 천천히 더듬어 올라갔다. 돌아누우면 이제 손에 닿는 것은 차고 가냘픈 어깨, 다음은 드디어 유방이다. 부드럽고 벅찬 탄성. 입을 맞추자 아…… 선배……님, 묘하게 갈라진 음성이 응답한다. 불쑥 일어나니 이불이 텐트처럼 솟는다. 무게를 온전히 실어 내리누르기를 망설이는 내 목을 괜찮아요…… 하고 속삭이며 그 애의 팔이 감싼다. 매 순간 왜 이런 일이 일어났는지에 대한 물음이 달려들고 그럴 때마다 그 애 몸에 나를 파묻는다. 내 가슴이 그 애의 눈앞으로 한꺼번에 들이닥쳤다가 한꺼번에 제자리로 돌아간다. 그 애의 얼굴은 지금까지 한 번도 본 적 없는 방식으로 일그러져 있다. 무겁니? 아뇨, 좋아요! 너무 좋아요……. 몸을 밀었다 당기는 짧은 순간마다 그 애의 모습이 흐려졌다 다시 선명해진다. 이토록 또렷한 아름다움의 낙차. 침대 밖에 고인 그림자는 내 것이 더 크지만 신음 소리는 미성숙한 소년과 성숙한 여자의 것이라는 위화감. 절정까지는 오래 걸리지 않는다. 달아오른 혈색과 무관하게 그 애의 몸은 좀처럼 뜨거워지지 않고 나는 나와 그 애의 온도 차를 꼭 그 애 몸피만큼 느끼며 격렬하게 무너진다.

다음 순간 나는 바로 몸을 일으켰다. 땀으로 범벅이 된 전신과 다른 농도로 사타구니가 미끈거렸다. 몽정인가? 이 나이에?

그다음 순간 나는 다시 몸을 일으켜야만 했다. 한동안 넋을 잃고 빈 침대를 내려다보았다. 몽정하는 꿈이라고? 이

나이에? 여자가?

꼭 나 자신의 무게만큼만 일그러진 어두운 자리를 한참 보는 동안에 선명해진 생각은 하나뿐이었다. 다시 한번 깨어날 수 있는 다음, 다음 순간이 더 이상 없다는 것. 낡아버린 몸에 소녀의 음성을 지닌 여자 오선재의 몸을 영원히 벗어날 수 없다는 것.

무섭다.

그렇게 말하는 내 목소리가 아주 낯설게 들렸다.

아마추어

"젤리몬, 젤라몬, 젤로몬은 인간계를 정복하려는 악마대왕의 음모로 인간 모습을 하고 세상에 파견된 마계의 정예 요원들입니다. 이들은 사립 쇼콜라 학원의 초등부 여학생 젤리, 중등부 여학생 젤라, 고등부 남학생 젤로로 현신하여 인간 사회를 관찰하는 임무를 맡았지만, 마계의 요괴들보다도 사악한 인간들이 있다는 것을 알고 우선 인간계를 '청소'하기로 합니다. 여기까지가 원작 코믹스와 TV판의 기본 설정이죠."

인기 애니메이션의 극장판 프로젝트인데도 작품 소개

브리핑이 필요한 것은 이번에 유독 연예인 출연자가 많아서겠지. 작품에 애정이 있든 없든 홍보 효과만을 노리고 억지로 모셔 온 귀하신 몸들. 배급사가 바뀌었다더니 새 극장판 성우진에는 나도 TV로밖에 본 적 없는 연예인이 꽤 많았다. 하기야 이런 식의 캐스팅이 아니었다면 애니메이션 커리어가 적은 희강도 출연하기 어려웠겠지.

조연출의 손길을 따라 젤리, 젤라 역의 성우들이 소개되었다. 각각 한두 번씩 교체되어 들어오기는 했어도 함께 작업한 세월이 짧지는 않아서 친근한 사람들이었다. 젤로의 이름이 불릴 때 나도 자리에서 일어나 목례를 했다. 멀리에서 희강이 박수를 치기 시작하자 젤리, 젤라 성우도 웃으며 손을 모았다. 배급사에서 흥행을 노리고 데려온 중견 개그맨들은 손을 움직이면서도 왜 저 여자가 박수를 받는지 모르겠다는 표정을 숨기지 못했다. 조연출의 부연 설명이 이어졌다.

"오선재 선생님은 TV판 시청률 절반을 책임지고 계시다고 해도 과언이 아니죠. 주인공인 젤로몬 주니어, 통칭 젤로 목소리를 완벽 소화하고 계시거든요."

박수 소리는 한층 커졌지만 아까의 몇몇은 더더욱 모르겠다는 표정으로 나를 힐끔거렸다. 대본 맨 앞부분에 쓰인 젤로 캐릭터 소개와 내 이미지가 영 겹쳐지지 않아서겠지. 쑥스러움인지 모욕감인지 낯이 화끈거렸지만 베테랑이라면 웃어넘겨야 했다.

"이번 극장판은 '천계로부터의 역습'이라는 부제처럼 극장판에만 등장하는 오리지널 캐릭터로 천사가 많이 등장합니다. 여기에 젤리 젤라 젤로가 올바르게 역할을 수행하는지를 감찰할 마계 스파이가 하나 더 있고요."

오리지널 캐릭터를 맡을 성우와 연예인들이 차례대로 소개되었다. 성우 중에는 오디오북 작업을 함께했던 사람도 두엇 더 있었는데 표정이 영 밝지 못한 것이 아무래도 자기들보다 경력이 적은 희강에게 비중 있는 역할이 돌아간 데 불만을 품은 듯했다.

마지막에 일어난 희강이 고개 숙여 인사한 뒤에 애교 있는 눈웃음을 덧붙이자 연예인들조차 술렁이는 분위기였다. 그 애가 그렇게 예쁜 것이 자랑스럽기도 하고 불안하기도 했다. 둘 중 무엇도 내가 품어 마땅한 기분은 아니라 느끼면서도. 희강이 자리에 앉자마자 곁에 앉아 있던 남자 중견 개그맨 하나가 이쪽에서는 들리지 않는 소리로 무슨 말을 했다. 희강은 입을 가리고 어깨를 들썩이며 웃었다. 아마도 상스러운 농담을 건넸겠지. 할 수 없이 웃어주는 거겠지.

그렇게 생각해도 한번 생긴 무력감과 모욕감은 잘 없어지지 않았다. 선생님, 뭐 불편한 거 있으세요……? 조연출이 그렇게 물어올 때까지 나는 희강의 자리 근처를 쏘아보고 있었던 것 같다.

그럼에도 첫 리딩은 그럭저럭 화기애애한 분위기 속에서 약 삼십 분간 진행되었다. 피디가 쉬는 시간을 선언하자 연예인 출연진은 대부분 스케줄을 이유로 자리를 떴다. 거의 모든 장면에 대사가 있는 주연이다 보니 앞으로도 얼마간 저 아마추어들과 또 입을 맞추어야 한다는 것이 벌써부터 지긋지긋하게 느껴졌다.

변성기

시나리오상 사사건건 부딪히고 다투는 역할인 희강과 개별 녹음 스케줄이 매번 겹쳤다. 첫 녹음 날 나는 정시에 도착했는데 희강은 먼저 와 기다리고 있었다. 할 이야기가 있는 듯 입술을 달싹거리며 자꾸 이쪽을 바라보는 희강을 나는 계속 모른 체했다. 기분이 나쁘지 않았다. 오히려 저쪽에서 안달이 났구나 하는 착각이 점점 당연해졌고 그럴 때마다 정수리부터 엄지발가락 끝까지 몸의 심지가 온통 저

릿한 느낌이 들었다. 이제는 이런 감각이 나이에 맞지 않아 부끄럽다거나 천박하다는 자각마저 희미해졌다.

"악마가 인간을 돕다니 말이 되는 일이라고 생각해?"

장면은 희강이 연기하는 마계 감찰원 루씨와 젤로 사이에 갈등이 싹트기 시작하는 초반 시퀀스였다. 희강의 앙칼진 목소리가 제법 기세 높게 치고 들어오자 은근히 희강을 무시해 오던 동료 성우들도 이번에는 웬일이냐는 듯 희강을 주목했다. 나는 별 긴장 없이 입을 열었다.

"악마보다 나쁜 인간을 진짜 악마가 가만둘 순 없지! 젤로 님이 단죄해 줄 수밖에."

젤로의 트레이드 마크라 할 수 있는 단골 대사를 끝까지 읊고 나서야 무엇인가 전과 달라진 것을 알아차렸다. 십수 년을 발음해 와 연습도 따로 필요 없는 대사였다. 너무 많이 해서 이제 젤로가 아니라 나 자신의 사상이 정말 그런 것처럼 여겨지는 말이었다.

"오 선생님, 목소리가……."

피디의 목소리가 헤드셋으로 건너왔다. 뜨끔한 속을 숨기고 태연스레 되물었다.

"듣기 거북한가?"

"아뇨, 캐릭터랑 딱이네요. 약간 변성기 온 듯한 소년 느낌? 원래 젤로 음성도 좋지만 지금 톤도 느낌이 좋네요. 섬세한 톤인데 그걸 잘 잡아내시는 것 같아요."

도리어 칭찬이 돌아오자 더 당황스러웠다. 그게 아니야. 톤을 잘 잡아냈다든가 섬세하다든가 그런 게 아니라고.

진짜 변성기가 온 거야.

그리고 이번에는 막거나 피할 수 없어.

아무 위화감도 느끼지 못한 채로, 그저 언제나와 같은 맹목으로 내 입만을 쳐다보는 희강을 마주 보면서 나는 생각했다.

이건 다 너 때문이야.

고백

명목상의 주 관람 타깃인 초등학생들의 여름방학과 실질적 주 관객층인 2030 여성 팬들의 휴가 시즌에 맞춰 개봉일을 정한 극장판 애니메이션인 만큼 작업 일정은 촉박했다. 배급사에서 무리해 섭외한 연예인들의 스케줄이 들쭉날쭉한 탓에 최고참인 나도 예외 없이 밤샘 녹음을 이틀이나 해야 했다. 배급사의 어린 여직원들이 미안해하며 사다 놓은 자양강장제를 한 시간에 한 병씩 마시며 버텼다.

더욱 힘든 것은 취재 응대였다. 극장판 작업이 막바지에 이를 즈음이면 으레 크고 작은 언론사에서 찾아오는 거야 이미 알고 각오도 되어 있었지만, 체감상 횟수며 시간이 종전의 서너 배가 되니 지치지 않을 도리가 없었다. 공중파 방송국 연예 프로그램에서 다녀간 것도 수차례였다. 그런 프로그램은 어차피 작품에서 차지하는 비중도 크지 않은 연예인들 몫이고 실상 전문 성우 출연진이 신경을 써야 하는 쪽은 게임과 애니메이션을 주로 다루어 우리 시리즈에 충성도 높은 팬들도 즐겨 읽는 월간지나 대형 온라인 커뮤니티 웹진 등인데 주역인 데다 작품의 최고참 성우인 탓에 매체 성격을 가리지 않고 전부 얼굴을 비쳐야 해서 고역이었다.

점입가경으로 배급사는 제작 발표회까지 진행하려 했다. 국내 제작 애니메이션도 아니고 라이선스 뮤지컬도 아닌데 제작 발표회는 무슨. 도무지 수지가 맞지 않는 장사 같았지만 빠질 수도 없는 노릇이었다.

개봉을 일주일쯤 앞두고 급조된 제작 발표 기자 시사회는 〈젤리 - 젤라 - 젤로몬〉 국내 방영 19주년 기념을 겸한다며 요란스럽게 기획되었다. 무대 위에 간이 스튜디오를 꾸며놓고 희강에게는 극장판 오리지널 캐릭터 루씨의 코스튬까지 갖춰 입혔다. 젤로몬 시리즈 신작 제작 발표회라기보다 성우돌 희강 쇼케이스처럼 보일 지경이었다. 총체적으로 우스웠지만 내색은 않고, 어차피 연예인 출연자들이 다 해먹겠지 하며 긴장을 풀고 있는 사이 내게도 질문이 들어왔다.

“오선재 선생님은 내후년에 성우 데뷔 30년 차를 맞는 베테랑 성우지만 여전히 현역으로 젤로 연기를 하고 계신데요, 성우 생활의 재미있는 에피소드 같은 것이 있나요?”

식상한 것은 둘째치고 미묘한 질문이었다. 올해도 아니고 내년도 아닌 내후년이 30년 차인 것이 뭐 대단한 일이 되나.

“글쎄요, 저에게는 생활이니 뭐가 재미있는 이야기일지 모르겠습니다만…… 성우들끼리 식당에 가서 밥을 먹으며 대화를 하면 사장님, 여기 TV 좀 꺼주세요! 한다든가, 채널 좀 돌려줘요 야구나 봅시다 한다든가. TV에서 소리가 나는 줄 알고 말이죠.”

“정말 그렇겠네요.”

진행을 맡은 개그맨은 별 재미도 없고 대단치도 않은 이야기에 참 희한하고 처음 듣는 소리인 양 호응한 다음 희강에게 질문을 넘겼다. 자연스럽게 바로 옆에 앉아 있는 희강을 쳐다볼 수 있었다. 셔터가 터지는 순간순간 자세와 표정을 달리하는 희강은 조잡한 의상을 입은 요정 같았다.

"이희강 성우님은 〈픽업 라디오스타〉로 데뷔한 성우돌로 인기를 누리고 있는데요, 데뷔 당시부터 옆에 계신 오선재 선생님을 가장 존경하는 선배로 꼽아왔다고 들었어요. 대선배님과 작업하시면서 많이 설레셨을 것 같은데요."

희강은 마이크를 양손으로 꼭 쥐고 씩씩하게 답했다.

"네, 너무 설레어요. 젤로는 제 첫사랑이거든요."

오오, 우우 하고 야유인지 환호인지 모를 소리를 내는 출연진 가운데 나 혼자 당황하며 희강을 쳐다보던 눈을 거두었다. 이 애는 무슨 생각으로 그런 말을 하지. 얼굴이 뜨거운데 눈에 보이게 붉어졌으면 어떡하지.

희강의 답변이 너무 짧다고 생각했는지 진행자가 끼어들었다.

"그러면 사랑하는 오선재 선생님께 한 말씀."

희강은 내 눈치를 보며 머뭇대다가 속사포처럼 말했다.

"이건 오디션 볼 때도 숨겨뒀던 제 진짜 개인기인데, 오선재 선배님이 연기하시는 젤로 성대모사 해볼게요. 아 정말 너무 부끄러운데 엄청 열심히 연습했거든요. 잘 못해도 애교로 봐주세요."

객석에서 박수가 터져 나왔다. 희강은 발끝을 내려다보며 감정과 호흡을 다잡은 다음 젤로의 시그니처 대사를 읊었다.

악마보다 나쁜 인간을 진짜 악마가 가만둘 순 없지! 젤로 님이 단죄해 줄 수밖에.

잠시 침묵이 흘렀고 조금 뒤늦다 싶은 순간에 박수가 나왔다. 박수 소리가 개인기를 선보이겠다 선언했을 때보다 오히려 작아져서 희강은 멋쩍어했다.

당연하지, 이 앞에 앉아 있는 사람들은 사실 우리 애니메이션에 별 관심이 없으니까. 오리지널 젤로의 목소리 같은 건 아직 들어본 적 없는 사람이 훨씬 많을 테니까.

하지만 영화가 시작되면 곧 그 애 목소리가 얼마나 완벽했는지를 모두가 알게 될 것이다. 그 증거로 내내 작업을 함께해 온 출연진이 먼저 놀라고 있잖니. 내가 이렇게 놀랐지 않니. 단숨에 소년 악마 역할에 몰입했다가 순식간에 긴장과 불안을 품은 예쁜 여자애로 돌아온 희강의 옆얼굴을 보면서 나는 평생 한 번도 경험한 적 없는 갈증을 느꼈다. 영원히 목이 쉴 것만 같은 진하고 고통스러운 갈증이었다.

"오선재 선생님, 어떻게 들으셨나요?"

진행자 역시 젤로의 목소리를 몰라서인지 평가를 내게

떠넘기려 했다. 그게 얼마나 잔인한 질문인지 이해할 수 있는 사람은 젤로뿐. 그러니까 아마도 너와 나, 그렇게 오직 둘뿐. 나는 목이 멘 기색을 숨기려 애쓰며 말했다.

"저는 이제 은퇴해야 할 것 같습니다."

나의 대답이 제법 괜찮은 농담처럼 들렸는지 객석에서 박수와 폭소, 함성이 터져 나왔다. 희강이 완벽한 젤로 연기를 선보였을 때보다 더 큰 반응이 나온 것이 다소 모욕적이라 느끼면서 나도 웃었다. 그게 농담이라고 생각하는 여러 사람들 가운데서 그걸 농담으로 생각할 요령조차 없는 희강만 울 것 같은 표정으로 나를 보고 있었다.

질문은 다시 연예인 출연진에게로 돌아갔고 나는 테이블 아래를 더듬어 희강의 무릎 위에 손을 얹었다. 이윽고 희강이 그 위에 손을 겹쳐 깍지를 꼈다. 지금 하는 행동이 내게 어떤 의미로 다가오는가를 이 애가 알고 있을까 의심하면서, 그러나 영원히 몰라도 좋다고 생각하면서, 손과 무릎 사이의 온기로 손끝에서부터 녹아 없어지는 나를, 나의 젤로를 상상했다.

네가 사랑하는 젤로는 너를 사랑해서 어른이 되어버렸어.

무슨 일이 있어도 나는 이 말을 소리 내어 발음하지 않겠지만 언제가 되었든 어떤 계기로든 네가 이 마음을 알아차리게 된다면 너의 젤로에게도 변성기가 올까.

상상과 다르게 내 손은 녹지 않고 그 대신 떨리기 시작했는데 그런데도 희강은 오래도록 내 손을 놓지 않았다.

한나와 클레어

한나는 자기 이름을 좋아하는 사람. 좋아하는 것을 좋아하는 데에 큰 이유가 필요하지 않은 사람. 굳이 따진다면 영어 이름을 따로 지을 필요가 없는 인터내셔널한 이름인 점, 세례명과 본명을 동일하게 쓸 수 있는 점, 영어로 쓰면 스펠링이 Hannah, 이렇게 회문이 된다는 점 등이 특히 한나의 마음에 든다. 대단히 특이하지도 별나게 촌스럽지도 않은 이름이지만 어릴 때는 남자애들로부터 종종 놀림도 받았다. 이상한나 멍청한나, 황당한나 한심한나. 한나는 놀림을 당할 때 안색을 바꾸거나 언성을 높이거나 하지 않고 부모님에게 배운 대로 그저 그 애들을 뚫어져라 보고만 있으면 되었다. 이름으로 한나를 놀리면 놀림은 고스란히 그 애들에게 되돌아가게 마련이니까. 이상한 나. 멍청한 나. 황당한 나? 한심한 나……? 가만히만 있어도 일은 저절로 해결된다. 그걸 잘 아는 한나는 잘 동요하지 않는다. 천성적으로도 경험상으로도 그런 사람일 수밖에 없다.

*

클레어는 명찰에 넣을 닉네임을 클레어라고 지을 때 별로 고민하지 않았다. 영어 이름이 필요하다길래 그럼 클레어요라고 가볍게 말했고, 말하고서야 그 이름의 철자를 모른다는 사실을 깨달았다. 클레어는 클레어가 즐겨 보던 미국 시트콤에 나오는 이름이었다. 깊이 생각하고 지은 것은 아니어서 왜 그 이름이어야 했는지를 설명하기는 어려운데, 일단 이름을 따온 그 캐릭터를 무척 좋아해서는 아니고 비교적 꼴값을 안 떨 것 같은 이름이라는 인상 때문인 듯하다. 예를 들어 클레어와 함께 일하는 사람 중에는 비앙카, 사브리나, 아멜리아 등이 있고 클레어는 그런 이름이 꼴값이라 생각한다. 애초에 한국에서 한국 사람이 주로 한국인을 상대로 하는 일에 왜 영어 닉네임이 필요한가. 굳이 따지자면 그것부터가 꼴값이라는 게 클레어의 의견이고, 이 의견은 클레어의 철자가 c, l, a, i, r이라는 것을 찾아보았던 때부터 지금껏 변함이 없다.

*

“평일 베이컨시가 많아서 룸 업그레이드까지 도와드렸어요. 그럼 향기로운 시간 보내세요.”

캐시 트레이에 카드 키 파우치가 가로로 놓인다. 과연 그렇구나. 이렇게 두면 키 파우치를 집어 올리는 순간 키 파우치에 각인된 로고 뒤로 트레이에 새겨진 똑같은 로고가 한 번 더 눈에 들어오지. 세심한 부분까지 접객 트레이닝을 하는 티가 딱 나네.

한나는 로비 직원에게 미소를 지어 보인다.

“네, 감사합니다. 선생님도 좋은 하루 보내세요.”

애초부터 입꼬리를 한껏 당겨 웃는 얼굴이었던 직원 역시 한나의 인사에 눈까지 구부리며 웃어 보인다. 쾌적한 상호작용. 한나는 망설임 없이 돌아서서 엘리베이터를 향해 걷는다.

파우치 안에는 카드 키가 두 장 들어 있다. 뭐지? 규정상 무조건 혼자 투숙해야 한다더니 키는 또 두 개를 주네. 카드 키 한 장을 꺼내 플로어 넘버 패드에 터치하고 다시 집어넣으면서 한나는 중얼거린다. 손가방 안에서 휴대폰을 찾느라 잠시 뒤적거리는 사이 엘리베이터는 부드럽게 27층에 닿는다. 문이 열리자 호텔 아이덴티티 컬러인 딥 민트 색상 벽이 한나를 맞는다. 호텔 콘셉트가 어센틱 칠링 아로마라고 하더니 흠…… 이 냄새는 백단향인가? 과하지 않아서 좋네. 걸음을 내딛자 짙은 보라색 카펫이 구두 신은 발의 피로를 소리 없이 삼킨다.

사소한 것 하나하나 다 잘해놨네. 복도에 미술품이 별로 없는 게 좀 아쉽다. 젊은 사람들이 타깃이라고 해도 그건 챙겼어야지. 분기마다 작품 바꾸는 것도 좋고. 요샌 작가들 연계한 렌털 시스템도 잘되어 있는데 괜찮은 큐레이터를 못 구했나?

한 손에는 휴대폰과 카드 키 파우치, 한 손에는 가방을 쥐고 긴 복도를 한달음에 지나면서 한나는 그런 생각을 했다. 이것도 인연인데 다음 달쯤 컬래버레이션 기획을 하자고 말해볼까? 프로젝트를 장기화해서 우리 갤러리 그림을 계속 렌털해 주면 서로 윈윈일 텐데. 흠. 괜찮은 생각이야. 이래서 리프레시가 중요하다고들 하나 봐. 별 기대 없었는데 막상 오니까 영감이 막 솟아나네.

한나는 카드 키 파우치를 그대로 도어 록 패드에 갖다 댄다. 안에 카드 키가 두 장 겹쳐 있어선지 잠금이 바로 해제되지 않는다.

뭐, 이런 걸 흠이라고는 못 하지. 그냥 기술의 한계지.

한나는 스스로 생각해도 깐깐한 편이지만 호텔의 첫인상이 워낙 괜찮아서인지 그 정도는 실로 아무렇지도 않다. 왼쪽 손목에 가방을 걸고 왼손으로 카드 키 파우치를 잡고 오른손 중지, 약지, 새끼손가락과 손바닥 사이에는 휴대폰을 끼우고 남은 손가락 두 개로 카드 키를 집는다. 파우치가 약간 빡빡해서 조금 시간이 걸린다.

한나가 한창 끙끙대던 바로 그때 느닷없이 튀어나온 룸메이드 트롤리가 한나의 엉덩이를 살짝 건드린다.

충돌 자체는 큰 충격이 아니었으나 두툼한 복도 카펫 때문에 발소리도 바퀴 구르는 소리도 들리지 않았기에 한나는 크게 놀랐다. 악! 하고 소리를 지르며 한나는 손에 쥔 것을 전부 떨어뜨린다. 손가방, 카드 키 두 장, 카드 키 파우치, 그리고 휴대폰. 손가방이 수직으로 떨어져 내용물이 쏟아지지 않은 것은 다행인데 아슬아슬하게 쥐고 있던 휴대폰은 문에 퉁 부딪친 다음 미끄러져서 복도 반대편, 그러니까 룸메이드의 발치까지 가버린다.

"하하, 손이 바쁘다 보니……."

한나는 당황을 웃음으로 무마하며 룸메이드에게 말을 건네지만 룸메이드는 한나를 한 번, 바닥에 떨어진 한나의 휴대폰을 한 번 쳐다보더니 트롤리를 밀며 지나가 버린다. 한나의 휴대폰을 넘어서. 동요하는 일이 좀체 없는 한나조차 이건 그냥 넘어가기 어렵다.

"저기요."

한나는 이미 자기 방문 앞 복도를 지나간 룸메이드의 등을 향해 목소리를 돋운다. 그 짧은 틈에 얼마나 멀리 갔는지 룸메이드의 머리끝부터 발끝까지가 눈에 다 들어온다.

"네?"

돌아선 룸메이드는 아무렇지도 않은 얼굴이다. 잘 보니 젊다. 젊은 게 아니라 어리다. 한나의 눈에는 그렇다. 나이 드신 분이면 그냥 가라고 할 셈이었는데, 보니까 말귀를 영 못 알아들을 나이는 아닌 듯해서 한마디 해야 할 것 같다. 더욱이 그 아무렇지 않은 얼굴이 한나를 자극한다.

백 보 양보해서 엉덩이 건드린 걸 인지하지 못해 죄송합니다가 안 나온 것까진 이해를 하겠다. 고객이 소지품을 떨어뜨린 걸 빤히 보고서도 괜찮으세요라는 반응을 내놓지 못한 건 이해할 수 없다. 그래, 그것까지 좋다 이거야. 숫기가 없어서 말로 못 할 수도 있지. 그런데 자기 쪽으로 떨어진 고객 물건을 주워주지는 못할 망정 발로 폴짝 넘어가? 이건 교육이 안 된 거지. 접객 교육이 아니라 가정교육이 안 된 거야.

"주워주세요."

한나의 말에 드디어 룸메이드의 표정이 변한다.

*

뭐지? 미친년인가?

"주워 오시라고요."

클레어는 그대로 선 채 눈만 더 크게 뜨고 고객을 바라본다. 내가 지금 뭘 들은 거지? 진상이 진상이라고 얼굴에 써 붙이고 다니는 것은 아니지만 진상 부릴 타입처럼 보이지 않아서 더 놀랍다.

어디 것인지는 모르겠지만 척 봐도 비싸 보이는 연푸른색 셋업. 떨어져 있는 휴대폰도 요새 유튜브 틀 때마다 광고하는 신모델. 발 뒤에 떨어진 가방은 그 자체도 명품이지만 손잡이에 감아놓은 스카프가 더 명품이다.

스태프를 종년 부리듯이 하는 사람들에 대해서라면 클레어가 잘 안다. 평소 럭셔리한 대접이 익숙하지도 자연스럽지도 않았던지라 억지를 부려가며 일하는 사람을 막 대한 다음, 상대가 껌뻑 죽는시늉해 주는 꼴을 기어이 봐야만

하는 인간들. 그러지 않으면 고급 호텔에 투숙하는 걸 도통 실감할 수 없다는 듯이. 클레어가 그걸 잘 아는 이유는 일하면서 심심찮게 진상을 겪어봐서기도 하지만, 본인도 스트레스 푼답시고 다른 호텔에 묵으며 아주 꼬치꼬치 진상을 떨어봐서기도 하다. 진상은 궁상의 친척이다. 그러니 한마디로 눈앞의 고객은 그것들과는 연이 없는 사람이라 할 수 있다.

그런데 왜 지랄이지?

고객은 한쪽 손으로는 허리를 받치고 한쪽 손으로는 검지를 뻗어 휴대폰을 가리킨 자세로 흔들림 없이 서 있다. 아니 우리 호텔 복도 좁기로 유명한 걸 모르나. 그냥 자기가 그대로 허리 숙여도 집겠는데 왜 저래. 다름이 아니라 민망해서 더는 보고만 있을 수가 없는 상황이다.

클레어는 트롤리 손잡이를 놓고 쪼르르 달려가 허리를 접는다. 아니 허리가 아니라 무릎을 접어야 하나……. 이 사람이 왜 이러는지를 모르겠어서 자기가 지금 제대로 처신하고 있는지가 헷갈린다. 휴대폰을 집는 김에 바닥에 흩어진 카드 키와 카드 키 파우치까지 모아서 양손으로 건네준다. 이거면 마음이 풀리셨을까요? 그런 심정으로. 애초에 화난 얼굴이 아니었던 고객은 여전히 별 감흥 없는 표정을 띤 채로 클레어가 건네는 물건들을 받는다. 기분 탓인가? 약간 낚아채듯 가져가네, 아무리 원래 다 자기 물건이라지만. 띠리릭 소리를 내며 문이 열리자 고객은 인사도 없이 쏙 들어가 버린다.

재수가 없으려니까 별. 고맙다는 말 한마디도 못 하나?

그런데 이런 사소한 일에 분통 터뜨릴 때가 아니다. 콜이 와서 부랴부랴 달려가던 참이다. 호텔 규정상 스위트룸 이상은 반려동물 동반 투숙이 가능한지라 베딩을 다시 해달라는 둥, 수건 여벌 좀 넉넉히 갖다 달라는 둥 콜이 매일 소나기처럼 쏟아진다.

침대에다 볼일을 보는 반려동물은 마려워서 싸는 게 아니라 환경이 바뀐 스트레스를 표현하는 것이어서 하루에 몇 번씩 똑같은 짓을 저지를 수 있다. 베딩을 마치고 나오자마자 다시 콜이 들어오는 경우도 적지 않다. 아예 자포자기해서 여분 시트와 이불을 주고 가면 알아서 하겠다는 고객들도 꽤 있지만 운영 방침상 베딩 용품을 고객에게 그대로 제공해서는 안 된다. 왜? 도난 위험이 있으니까. 물론 고객한테 그 말을 곧이곧대로 할 수는 없어서 그냥 언제든 부르시라, 얼마든지 다시 해드리겠다 해야 하고, 그러면 정말이지 몇 번이고 그런 일이 반복될 수가 있는데 그게 뭐……

나쁘다는 말은 아니다. 나쁠 수가 없다. 어차피 클레어에게는 그게 일이니까. 집에서처럼 카레 냄비를 젓다가 후다닥 뛰어나가서 빨래를 걷어 오든지 빨래를 개키다가 맞다 음쓰 내놓는 날이지 하고 또 후다닥 뛰어나가는 일과 비교하면 출근해서 퇴근할 때까지 똑같은 작업만 반복하는 이쪽은 별로 복잡할 것도 없다. 클레어가 이 일을 계속하는 이유가 그것이다. 몸은 좀 고생을 할지라도 머리나 가슴은 그럴 필요 없는 일이라는 점.

함께 근무하는 다른 스태프들과 마찬가지로 클레어 역시 월 1회꼴로 호텔 체인에서 제공하는 핑크칼라 서비스십 트레이닝을 받는다. 하지만 맡은 일이 룸메이드인지라 고객 응대는 클레어의 주 업무가 아니다. 따라서 사람을 대하느라 스트레스 받을 일도 거의 없다. 원래는.

클레어는 진상 고객이 들어간 방을 몇 번이고 돌아보며 걷는다. 방에서는 어떤 기미도 새어 나오지 않는다. 이럴 때가 아니라는 생각이 클레어의 고개를 흔들지만 클레어는 돌아보기를 그만두지 못한다.

*

진짜? 뭐 그런 사람이 다 있지.

"아, 내 말이. 일하는 중이어서 스트레스 받는 것까지는 이해하겠는데 상관없는 고객한테 풀면 안 되잖아."

한나는 침대에 걸터앉아 구두를 벗으며 스피커폰 버튼을 누른다. 문 앞에서의 상황을 간략히 전하자 한나보다 친구가 더욱 흥분한다.

뭘 또 그렇게 착하게 봐주고 그래? 아무튼 유한나, 이름대로 유들유들해 가지고. 야, 그건 그냥 걔가 또라이인 거야. 같이 일하는 서비스직들 다 욕 먹이는 짓이야 그게. 명찰 봐놨어?

"에이, 나도 어떤 면에선 좀 과했던 것 같고…… 암튼 그건 됐어. 방이 워낙 괜찮아서 마음이 다 풀린다. 평일이라고 업그레이드해 주던데 너도 여기 스위트 묵어봤어?"

어머어머. 난 거기서 업그레이드 한 번도 못 받았는데.

말을 돌리자 친구는 콧소리를 가득 담아 부러움을 전해 온다. 애초에 평일 오후 퇴근 후 집으로 가지 않고 호텔에 체크인하게 만든 장본인이 바로 자기면서. 한나는 새삼 친구가 귀엽게 느껴져 픽 웃는다.

“너 대신 온 건데 내가 좋은 방 쓰니까 괜히 미안하네. 고맙기도 하지만.”

어우, 고맙긴 뭐가 고마워, 기집애야. 내가 고맙지. 기왕 간 거 푹 쉬다가 나와. 내일이나 낼모레 설문 링크 열릴 텐데 그것만 잘 써주면 돼. 아, 거기 문항 중에 친절 직원 불친절 직원 기억에 남는 사람 있냐고 묻는 것도 있거든? 거기다 걔 이름 쓰면 되겠다. 명찰 봐둔 거 맞지?

취미로 미스터리 쇼퍼 활동을 하는 친구는 갑작스레 해외에 나가는 바람에 이번 분기 투숙 바우처를 못 쓰게 됐다며 한나에게 도움을 청했다. 월말까지 바우처를 소진하지 못하면 미스터리 쇼퍼 자격이 사라진다고. 마침 필라테스 가는 날도 아니고 해서 한나는 그럼 오늘 갔다 오지 뭐, 라고 선선히 말할 수 있었다. 안 그래도 일전에 친구가 자기처럼 미스터리 쇼퍼 활동을 취미 삼아보라고 추천한 적이 있어 궁금하기도 했다. 현대판 암행어사 같아서 재미있지 않냐고. 평범한 고객처럼 보이지만 사실은 서비스 품질을 모니터링하는 스파이, 즉 그 활동을 하는 시간만큼은 기업의 화신이 된다는 점이 짜릿하다고. 그래서 싸가지 없는 직원을 발견하면 오히려 기분이 좋다고도 했다. 너 생각해 봐, 네가 암행어사인데 모처럼 간 고을이 잘 먹고 잘살아. 워낙 선정을 펼쳐서 원님이 명망도 있어. 그럼 암행을 간 보람이 있을까? 아니지, 내가 뭐 하러 왔나 싶을 거야. 원님이 변사 또여야 설문지에 쓸 말도 많고 보람도 있지.

전화를 끊은 한나는 친구가 했던 말을 곱씹는다. 명찰 봐놨냐고? 당연히 봐놨지. 갤러리에서 일하는 한나는 눈썰미가 좋다. 호텔 아이덴티티 컬러인 딥 민트 색상 아크릴 명찰에 고딕 서체로 새겨져 있었다. 클레어라는 이름. 축축한 손. 빤히 쳐다보는 눈길. 그 눈길이 못내 불쾌하게 뇌리에 남아 있다. 마치 제가 뭘 잘못했는지 모르겠다는 듯이, 억지를 부리는 쪽은 한나라는 듯이 바라보던.

됐고, 이제 뭘 하지.

집에도 들르지 않고 퇴근길 그대로 온 참이어서 딱히 할 만한 일이 떠오르지 않는다. 일단 어메니티를 체크할 겸 목욕을 할까. 목욕하기 전에 피트니스 센터 구경이라도 하고 올까? 아니다, 내일 기구 필라테스 하는 날인데 굳이 뭐 하러.

친구는 바우처 링크를 보내주면서 다른 부분에선 크게 부담 가질 필요 없지만 꼭 혼자 가야만 한다고 신신당부를 했는데, 마땅히 할 일도 없고 심심한 한나는 누굴 불러 와인이나 마시며 수다를 떨고 싶은 마음이 굴뚝같다. 친구가 말한 규정이 바보같이 느껴진다. 어차피 미스터리 쇼퍼여서 누군지도 알 길 없다면 그 누구가 단수든 복수든 무슨 상관이지? 친구 대신 한나가 온 것도 눈치를 못 챌 사람들이라면 일행이 한 명쯤 늘어나도 신경 안 쓰지 않을까? 친구도 한나에게만 말을 안 했을 뿐 한두 명쯤 더 데려온 적이 있지 않을까. 어떤 호텔들은 단독 투숙을 오히려 금지한다고 하던데 방 하나에 두 명 묵는 것쯤은 문제 될 게 전혀 없지 않나. 오히려 이게 노멀이지. 이게 뭐라고, 마음 졸일 필요 있나. 들켜서 뭐라고 할 것 같으면 그냥 방값을 내버리지 뭐.

그럼…… 엄마를 부를까. 안 그래도 엄마가 호캉스 호캉스, 노래를 불렀는데. 사실 한나는 엄마보다 남자 친구를 먼저 떠올렸지만 아무리 그래도 업무의 일환인데 남자 친구와 좋은 시간을 보내는 건 도의적으로 좀 그렇지 하며 고개를 저었다. 그래, 그럼 엄마를 부르자. 한나는 메신저 앱을 켜고 스크롤을 내려 엄마와의 채팅방을 찾는다. 엄마의 프로필 사진이 바뀌어 있다. 선글라스를 끼고 흰 골프웨어 상의를 입고 목깃은 한껏 세운 엄마. 맞다, 엄마랑 아빠랑 강원도 간다고 했지, 골프 치러. 그럼 엄마가 나보다 더 좋은 방 묵고 있겠네, 지금쯤은? 김이 팍 샌다. 참 나. 자연스럽게 처음 떠올렸던 후보가 다시 생각난다. 어차피 몰래 누구를 부를 거면…… 오빠를 부르는 게 가장 괜찮지 않나? 섹스만 안 하면 되잖아. 아니지. 여기서 섹스를 해도 자기들이 어떻게 알겠어, 이 방에 카메라가 달리지 않은 다음에야.

"어, 오빠. 나 아까 톡으로 얘기한 호텔 와 있는데……."

합리화도 협의도 오래는 걸리지 않는다. 한나의 남자친구는 바로 전화를 받고, 어떤 와인이 마시고 싶냐고 한나에게 묻는다. 알아서 사 와줘, 오빠가. 블레이저와 바지를 벗어 옷걸이에 반듯하게 걸며 한나는 말한다. 스피커폰이 오빠의 대답을 전해준다. 응, 알겠어요— 달콤하고 멜로디컬한 어조. 한나는 그제야 만족스러운 미소를 짓는다.

*

호텔 오픈한 지 2개월쯤 되었을 때 들어왔으니 클레어가 이 호텔에서 일한 지도 1년이 조금 넘은 셈이 된다. 투숙객들이 퇴실을 시작하는 오전 7시부터 오후 1시 또는 오전 9시부터 다음 투숙객들이 입실하기 시작하는 오후 3시 전까지만 일하는 데이 시프트 아르바이트로 시작해 오전 11시부터 밤 10시까지 뛰는 풀타임 시프트로 옮긴 게 반년 전,

이제는 계약직으로 주 1회 나이트 시프트도 받는다. 룸메이드 스태프 열다섯 명 중에 3분의 1 정도가 클레어 또래지만 전부 아르바이트고 계약직이나마 단 사람은 클레어 한 명뿐이다. 그 때문에 나이트 시프트 근무를 할 때는 늘 컨시어지에서 여사님들이라고 통쳐 부르는 베테랑 룸메이드들과 함께 대기해야 한다. 오늘의 동료는 호산나 아줌마. 호산나는 영어도 아니고 이름도 아니지만 쉬는 날에는 늘 교회 청소 봉사를 한다는 아줌마가 굳이 그 이름을 고집했고 아무도 뭐라고 하지 않았으므로 이름이 그렇게 정해졌다. 이름답게 호산나 아줌마는 스태프 룸에서 쉴 때 늘 성경책을 읽는다.

베테랑 룸메이드들은 요새 젊은 애들답지 않게 힘든 일을 마다 않는 클레어를 좋아하지만 정작 클레어는 베테랑 룸메이드들이 불편하다. 다들 호텔, 적어도 모텔에서 10년 이상 업력을 쌓고 신장개업한 이 호텔로 건너온, 말마따나 베테랑들이어서 손이 빠르고 능숙한지라 클레어가 방 하나를 보는 동안 눈 하나 깜짝 않고 두세 탕씩을 뛴다. 시급과 별도로 청소한 방 개수를 헤아려서 주는 룸메이드 수당이 이 일의 몇 안 되는 장점 중 하나인데 베테랑들이 그걸 다 빼앗아 가는 셈이다. 그러니 좋아하려야 좋아할 수가 있나.

더욱이 호산나 아줌마라면.

호산나 아줌마는 본인이 성경책을 보고 있을 때 말을 걸면 화를 내면서 클레어가 휴대폰을 들여다보고 있을 때는 쿡쿡 찌르며 훼방을 놓는다. 레퍼토리도 늘 같다. 자기 교회 안 다니지? 교회 다닐래? 어디 산다고 했지? 지하철 타면 금방이네. 우리 교회가 동네에서도 소문이 자자해, 잘생긴 형제님 많은 걸로. 피아노 치는 남자 멋있지? 우리 교회 피아노 반주자는 남자야, 키도 크고 잘생겼어. 다른 아줌마들은 콜 들어오면 깨우라고 하고 잠을 자기도 하는데 호산나 아줌마는 잠도 안 자고 성경책을 보다가 문득 생각났다는 듯이 그렇게 클레어를 괴롭힌다. 잘생긴 남자가 보고 싶으면 유튜브를 틀면 되는데 왜 교회를 다니라는 거죠. 아줌마들이 입방아를 찧을 게 뻔해서 말은 안 했지만 클레어에게는 같이 사는 남자 친구도 있다. 잘생기지도 키가 크지도 않고 피아노를 치기는커녕 피아노 근처에 가본 적이나 있을지 모르겠는, 그래도 좋아서 같이 사는 남자 친구.

호산나 아줌마는 성경 구절을 외는지 기도를 하는지 무릎 위에 성경책을 펼쳐둔 채로 눈을 감고 몸을 앞뒤로 흔들며 중얼중얼 뭔가를 읊고 있다. 클레어는 아줌마를 잠깐 지켜보다가 다시 휴대폰을 집어 든다. SNS 탐색 탭에 뜨는 연

예나 유머 자료를 보면서 시간을 죽인다. 어쩌다 참지 못하고 큭 하는 웃음소리를 내면 다른 아줌마들은 뭐가 그렇게 재밌어? 하며 고개를 들이밀지만 호산나 아줌마는 방해하지 말라는 듯 한 번 째리고 만다. 그건 좋은 점이랄 수도 있겠네. 기본적으로 아줌마들은 오지랖이 너무 넓은 점이 자기랑 잘 맞지 않는다고 클레어는 휴대폰 화면과 아줌마를 번갈아 보면서 생각한다.

서바이벌 오디션 프로그램 출연자가 가정사를 고백하며 우는 영상을 보던 참에 벽에 걸린 전화가 울린다. 프런트와 연결된 핫라인. 객실 청소가 필요한 상황이 발생했다는 의미다. 밤 11시. 클레어는 시간을 확인한 다음 호산나 아줌마를 쳐다본다. 아줌마는 앞뒤로 흔들던 몸을 멈추고, 그러나 눈은 그대로 감은 채 말한다.

"네가 갔다 와."

나이트 시프트는 시급을 더 쳐주지만 룸메이드 수당은 밤이라고 더 주지 않으므로 일을 양보하는 게 썩 고맙거나 달갑지는 않다. 그래도 클레어는 군말 없이 일어나 휴대폰을 앞치마 주머니에 넣는다. 트롤리를 끌고 복도 끝 직원용 겸 화물용 엘리베이터에 올라타 27층으로 이동한다. 2718호. 벨을 누르고서야 클레어는 초저녁에 있었던 일을 다시 떠올린다. 휴대폰을 집어달라던 여자 고객의 방이 이 근처가 아니었나?

"들어오세요."

그 여자다. 셋업을 호텔 가운으로 갈아입었고 화장을 지우긴 했지만 알아볼 수 있다. 곧게 편 허리와 어깨, 키가 비슷한데도 어쩐지 내려다보는 듯한 서늘한 눈길. 클레어는 짜증이 나면서도 주눅이 드는 묘한 감정을 억누르며 방 안으로 들어선다.

"이불에 와인을 좀 쏟았어요. 바로 닦아내서 얼룩은 지지 않겠지만 불편하게 자고 싶진 않아서요."

"잠시 앉아 계세요. 베딩 새로 해드릴게요."

클레어는 여자 고객을 소파에 앉히고 트롤리에서 새 침구 커버를 꺼내 온다. 스위트룸은 텔레비전과 소파가 있는 다용도 공간과 침대가 있는 공간이 가벽으로 분리되어 고객 앞에서 침구를 교체하는 부담을 느끼지 않아도 된다. 그럼에도 여자가 지켜보고 있는 듯한 느낌이 가시지 않는다. 클레어가 여덟 개의 리본을 풀고 이불 커버를 벗겨낸 다음 새 커버를 씌우고 리본 여덟 개를 다시 묶는 데에는 이 분 정도가 걸린다. 와인이 묻은 커버를 대충 접어 입구 쪽으로 나오는 데에는 삼십 초.

"한나야, 직원 불렀어?"

객실 문 오른쪽에 있는 화장실 입구에서 웬 남자가 불쑥 튀어나온다. 나가면서 인사할 요량으로 마침 그쪽을 향하던 클레어는 갑자기 튀어나온 남자를 보고 비명을 지른다. 와인으로 얼룩지고 물이 묻어 반투명해진 셔츠 아래 팬티만 입은 남자도 클레어를 보고 뜨악한 표정을 짓는다. 여자가 입구 쪽으로 달려 나온 것은 조금 뒤늦었지만 이미 상황을 파악했는지 얼굴이 시뻘겋게 달아올랐다. 아, 시발, 좆된 것 같은데. 뭐라고 해야 하지? 실례했습니다? 하지만 나는 딱히 실례하지 않았는데? 죄송합니다? 실례를 안 했는데 죄송할 것이 있나? 감사합니다? 감사한 게 더 웃기지 않나? 향기로운 시간 되세요? 누굴 놀리나 싶지 않을까?

클레어는 꾸벅 묵례하고 방을 나와 트롤리를 밀며 엘리베이터로 뛰어간다. 이 호텔은 카펫이 워낙 좋아 뛰어도 쿵쿵 소리가 나지 않는다.

"표정이 왜 그래? 귀신이라도 봤어?"

호산나 아줌마가 스태프 룸에 도착한 클레어에게 농담을 건넨다. 클레어는 그냥 고개를 젓는다. 조금 놀라긴 했지만 다시 생각해 보니 별 이야깃거리도 못 되는 일 같아서.

*

호텔과 남자 친구의 회사와 한나가 일하는 갤러리는 그리 멀지 않지만 출근 차량 러시를 감안해 한나는 8시 십 분 전에 체크아웃을 한다. 체크인을 맡은 직원은 여자였는데 오전 프런트 사무를 보고 있는 사람은 남자다.

"향기로운 시간 보내셨나요?"

호텔 테마에 맞춰 으레 하는 인사일 그 말이 한나의 귀에 거슬린다. 그렇다고 한나가 별 상관도 없는 사람한테 화풀이를 할 만큼 비상식적인 사람은 아니다.

"네."

웃음기 없이 단답으로 대꾸하자 프런트 직원은 더 이상 말을 걸어오지 않는다.

주차장에 미리 내려가 있던 남자 친구를 차에 태우고 회사까지 데려다주는 십오륙 분 남짓 한나는 한마디도 하지 않는다. 남자 친구는 한나가 화를 내는 이유를 도통 짐작할 수 없어 애를 태우는데 사실 한나 역시 본인이 왜 화가 나는지 잘 모른다.

"갤러리 도착하면 메시지 보내줘, 한나야."

내리면서 애원하듯 인사하는 남자 친구를 싸늘한 눈으

로 보며 고개를 아주 가볍게 까딱인 다음 한나는 차를 출발시킨다.

날씨가 우중충하다 싶더니 제법 굵은 빗줄기가 앞 유리를 툭툭 때리기 시작한다. 한나는 컨트롤 스틱이 부러져라 거칠게 밀어 와이퍼를 작동한다.

아, 왜 이렇게 짜증이 나지.

그 여자 클레어 때문인 걸 부정할 수도 없고 인정하고 싶지도 않다. 클레어와 마주쳤던 순간들을 빼면 모든 것이 그런대로 만족스러웠으므로 그 여자 때문임을 부정할 수 없는데, 클레어가 저지른 실수들도 클레어라는 사람도 자기 일상을 망치기에는 너무 사소하다는 걸 잘 알기에 그 여자 때문이라고 인정하고 싶지 않다.

갤러리에 도착한 한나는 직원 전용 주차장에 차를 대고 사무실로 들어간다. 언짢은 마음으로 필라테스 센터 멤버십에서 배달해 주는 도시락을 열어보는데 마침 오늘 아침은 한나가 좋아하는 그릭 요거트 위주의 식단이다. 건크랜베리 토핑을 와르르 쏟아 섞은 다음 한입 크게 물고 컴퓨터를 켠다. 그러고 보니 그 호텔, 미술품 진열이 별로여서 제안서 한번 써봐야겠다 했었지. 숟가락을 입에 문 채로 프레젠테이션 프로그램을 열면서 한나는 골똘한 생각에 빠진다.

정오가 조금 지났을 무렵 친구가 미스터리 쇼퍼 설문 사이트 링크를 보내온다. 한나는 양손으로 책상을 붙들고 의자 바퀴를 쭉 끌어 모니터 가까이에 고개를 갖다 댄다. 점심을 먹으러 가는 동료들을 하나하나 먼저 보내고 신중하게 한 문항 한 문항 답한다. 호텔 테마와 인테리어. 미니바와 어메니티 구성. 그리고 서비스 품질……. 깊은 인상을 남긴 친절한 직원에 대해 말해주세요. 불쾌감을 끼친 직원에 대한 조언을 남겨주세요.

한나는 클레어를 생각하고 있다.

*

클레어는 오전 7시에 근태 카드를 찍었고 집까지는 지하철로 한 시간 이십 분이 걸린다. 지하철역에서 집까지 걷는 시간을 합치면 한 시간 삼십 분. 8시 40분 무렵 집에 도착한 클레어가 가장 먼저 발견하는 것은 냄비다. 펼쳐놓은 밥상, 퉁퉁 불은 면발이 주황색 국물 위에 둥둥 떠다니는 냄비. 당연하다는 듯 싱크대에 라면 봉지 두 개가 널브러져 있다. 이 새끼 또 다 처먹지도 못할 라면 두 개 끓였구나. 한

개는 모자라고 두 개는 많다고? 한 개 끓이고 밥 말아 먹으면 되잖아. 됐고, 몇 개를 끓이든 내 눈에 안 띄게 치워놔야 되잖아.

"야."

클레어는 방으로 성큼성큼 들어가 불을 켜고 매트리스에 누워 있는 남자 친구를 발로 툭툭 찬다. 티셔츠가 말려 올라가 등과 배를 훤히 드러낸 채로 양손을 다리 사이에 끼우고 자던 남자 친구가 부은 눈을 어렵사리 뜨며 어어? 으응 하고 멍청한 소리를 낸다.

"나 밤에 일하는 날에는 열받게 하지 말랬지."

남자 친구는 기름이 잔뜩 낀 얼굴을 마른손으로 벅벅 문지른다.

"일어나서 치우려고 했어."

"치우긴 니가 개코를 치워."

남은 라면을 변기에 부어버리고 설거지를 하는 클레어의 등 뒤에서 남자 친구가 큰 소리로 말한다.

"진짜 사람 지치게 한다."

사람을 지치게 한다고? 내가? 냄비를 식기 건조대에 엎어두고 라면 봉지는 와작와작 구겨 쓰레기봉투에 넣으면서 클레어는 생각한다.

과연 2718호 여자도 이런 감정을 알까?

*

서술자의 재량으로 말하는 것이 허락된다면 한나가 클레어의 이름을 설문지에 쓸 경우 일어날 수 있는 일들을 짧게 전해보고자 한다.

클레어는 실직하고 한나는 친구와 크게 싸운다.

너무 극단적일까? 풀어서 설명하면 이렇다. 미스터리 쇼퍼 업체에서는 클레어의 서비스십 퀄리티가 낮다는 의견을 호텔에 전하고, 운영 부서에서는 클레어의 해당 분기 인사 점수를 깎는다. 호텔 체인의 운영 방침에 따라 클레어는 주 2회 무급으로 서비스십 트레이닝을 받게 된 상황이 더러워서 퇴사를 결정한다. 자기 인사 점수가 왜 깎였는지는 알아야겠다며 운영 팀 직원들을 조른 끝에 미스터리 쇼퍼에 대해 들은 클레어는 곧바로 한나를 떠올린다. 클레어는 미스터리 쇼퍼 프로그램을 운영하는 업체들을 집요하게 조사해 한나의 친구가 소속된 업체가 어디인지를 알아내고, 호텔 미스터리 쇼퍼는 단독 투숙을 원칙으로 한다는 규정을 내세워 클레임을 넣는다. 미스터리 쇼퍼 업체는 클레어의 항의를 바탕으로 한나의 친구에게 소명을 요구했다가 투숙 바우처를 타인에게 양도한 정황을 알고 미스터리 쇼퍼 자격을 박탈한다. 친구는 한나에게 왜 혼자 가지 않았느냐 따지고 한나는 미안하니 투숙비라도 물어주겠다고 하는데, 친구는 돈이 문제인 줄 아냐며 고고한 척 우아 떨더니 남의 일은 별것 아닌 취급을 한다고 소리를 지른다.

*

하지만 한나는 설문지에 클레어의 이름을 쓰지 않았다.

그런데 한나가 클레어의 이름을 쓰든 쓰지 않든 두 사람은 언젠가 다시 마주치게 된다. 그때는 클레어가 손님이고 한나가 직원일 수도 있다. 둘 중 어느 한쪽이 다른 쪽의 손님도 직원도 아니고 둘 다 손님인 채로 만나게 될 수도 있다. 그게 언제 어디서 일어날 일인지는 아직 알 수 없으나 그때 한나는 입술에 백화점 E 브랜드의 쥬시브릭을 바를 것이고 클레어는 로드숍 E 브랜드의 깨물고싶은장미를 바를 것이다. 그때 한나와 클레어는 서로를 알아볼 텐데 상대가 자기와 똑같은 화장품을 쓴다고 착각해서 놀랄 것이다. 어지간한 전문가나 마니아가 아니고서야 두 제품의 발색 차이를 알아차리기는 어렵다.

그도 그럴 것이 한나와 클레어는 사실 옷만 바꿔 입는다면 누가 한나고 누가 클레어인지 알아보기 어려울 만큼 서로 닮았다.

그런 경우는 뜻밖이랄 것도 없이 흔하다.

세네갈식 부고

오늘은 도서관에 불을 지를 계획이다.

*

휴가 기간 동안 할 수 있는 일은 그 밖에도 많고 휴가를 보내는 방식으로 선택하기에 불 지르기 같은 것은 일반적이지 않음을 알지만 어쨌든 내 경우에는…… 그러려고 한다. 어차피 휴가 중이라 시간은 넉넉한데 어쩌면 이틀이나 사흘 정도 구치소에서 보낼 수도 있으므로 첫날에 지르는 것이 좋다. 아무래도 방화 경험이 전무하다 보니 정확히 어느 정도가 중죄인지에 대한 감각이 없고 따라서 며칠 구금되는지를 모르는데 휴가 기간보다 구금 기간이 길어지면 곤란하겠지만 사실은 그렇게 간절히 계속 다니고 싶은 직장은 아니고 해서…… 결론적으로는 크게 상관이 없다. 그건 그렇고 사람들은, 이라고 말할 때마다 내가 사람들에 대해 대체 무엇을 아는지 자신이 없어지지만 이것만은 확언할 수 있다고 믿으며 말하건대, 대체로 휴가 기간이든 근무 중이든 방화광이든 그렇지 않든 하필 도서관에 불을 지르려고는 하지 않는다. 그것을 나도 안다. 그렇지만 모처럼 푹 자고 개운하게 일어난, 마침 날씨도 좋은 날에, 내가 가지 못했던 장례식과 장례식이 있기 몇 주 전 장례식의 주인공하고 나눈 대화를 연속으로 떠올린 이상은 도서관에 갈 수밖에 없게 되었고, 도서관에 가면…… 불을 지르지 않을 도리가 없는 것이다.

*

아무 도서관에나 무턱대고 불을 지를 생각은 아니다. 드바의 도서관에 가야 한다.

물론 드바의 도서관이란 우리가 함께 다녔던 학교의 생활 도서관.

집에서 버스로 삼십 분밖에 떨어져 있지 않지만 졸업하고는 단 한 번도 얼씬거린 적 없는 곳이다.

*

2학년 때 생활 도서관 관장이 된 드바는 관장직을 물려줄 사람이 없어서 3년 내내 생활 도서관 관장직을 유지했다. 학교에서는 생활 도서관을 학생 자치 기구의 하나로 취급했기에 관장은 자연히 학생 대표 장학금을 수령할 수 있었는데 드바가 3학기째 관장직을 유지하며 이 장학금을 받고 있다는 사실을 학교 측이 아니라 다른 학생 대표자들, 예를 들어 사범대 학생회장이나 학생 복지회 대표 등이 문제 삼는 바람에 드바는 학생 대표 장학금 수혜 자격을 박탈당했다. 아니 시이—벌 그럼 지들이 와서 하든가 난 물러날 준비 다 돼 있는데. 툴툴거리는 드바에게 의무만 남고 권리는 잃었다, 라고 말하면 드바는 치를 떨듯이 고개를 빠르고 세차게 젓곤 했다.

잘됐지 뭐 그 잘난 장학금 받자고 학점 유지하기도 빡셌는데.

뭐가 유지하기 힘들었다는 거야 평점 2점만 나오면 주는 장학금이잖아?

그러니까 말이야 나는 드바라서 드바(2)까지밖에 못 세니까.

노어노문학 전공이지만 2학년 때 학과 통폐합 때문에 영문과로 전공이 바뀐 바람에 러시아어로 2까지밖에 못 세는 드바는 기어이 관장으로 3년을 채우고서야 후계자를 구해 관장직에서 물러났다. 그렇다고 드바가 떠났다는 의미는 아니다. 드바에게는 달리 갈 곳이 없었고 그건 나도 마찬가지였다.

지겹다 너도 나도 여기도!

피차일반이다.

그런 대화도 있었다. 너무 많은 말을 주고받았으므로 그랬을 거라고 생각하지만 아니었을지도 모른다. 그 숱한 말들 가운데 그런 말이 없었을 거라고도 있었을 거라고도 단언하기 어려운 까닭은 그게 워낙 오래전 일들이어서다.

*

아무튼 나는 오늘 드바의 도서관에 불을 질러야 한다. 드바가 군 휴학 기간을 제외하고 평회원으로 1년, 관장으로 3년, 운영 위원으로 2년을 보낸 생활 도서관. 물론 그곳은 드바 개인 소유가 아니고 우리 모두의 것이지만, 이런 뻔한 소리를 할 때는 누구나 그렇듯 나도 코웃음이 난다,

아무려나 그렇다면 달리 어디를 드바의 도서관이라 부를 수 있을까. 그곳에서 드바보다 더 오랜 시간을 보낸 사람이 있을까. 드바보다 그 도서관에 더 많이 기여한 사람이 과연 존재할까.

기여도의 중점을 어디에 두는가에 따라서는 학교에 생활 도서관을 만들고자 투쟁한 1990년대 학번 선배들의 공이 더 크다고 할 수도 있겠다. 생활 도서관을 만든 것이 그들이라면 2010년대 생활 도서관에 산소호흡기를 대고 있던 사람은 드바였다. 학생운동이란 말이 사어가 되어가는 대학 캠퍼스에서 일평균 한두 명 정도밖에는 찾아오지 않는 작은 도서관, 어학용 소강의실 두 칸을 터서 만들어 모양새로는 도서관이라 부르기에도 실은 민망한 구색인 그곳에 드바는 묵묵히 머물며 신간에 십진 분류표를 붙이고 역시 한두 명밖에는 참석하지 않는 세미나를 준비하고 청소와 문단속과 그 밖의 자질구레한 일들을 했다. 평회원이었을 때부터 긴 관장 임기를 마친 뒤 운영 위원이 되고 졸업한 이후에도 종종 그러다 마침내는 불타오를 때까지.

얼핏 만드는 일과 지키는 일 중 전자가 더 중요하고 어렵게 보일 수도 있겠으나 대부분의 경우 그건 착시다. 인간을 만드는 것까지야 뭐 대충 아무나 최소한 두 사람만 모이면 어떻게든 할 수 있지만 기껏 만들어놓은 한 인간이 죽지 않게 돌보아 주는 일은 누구한테나 어려운 것처럼…….

드바가 그렇게 지킨 도서관에 내가 불을 질러야 한다는 사실이 다소 고약하게 느껴지기는 해도 큰 내적 모순을 일으키지 않는다. 내게는 언제나 도서관보다 나의 친구 드바가 중요했고 나는 드바가 바란 대로 하겠다고 마음먹었을 뿐이다.

*

세네갈식 부고에 대해 처음 들은 것은 몇 달 전이다. 물론 그 이야기를 해준 사람도 드바였다. 세네갈에서는 어떤 사람의 죽음을 예의 바르게 표현할 때 "그 사람의 도서관이 불탔다"라고 말한다. 드바는 수전 올리언의 책에서 이 표현을 읽었다.

세네갈? 그 아프리카 세네갈?

그럼 경기도 의왕시 세네갈구 세네갈동이겠냐.

세네갈에 그런 세련된 표현이 있다고? 세네갈에…… 도서관이 있어?(말하고서야 깨달았지만 이런 말을 무례하지 않게 하기란 불가능에 가깝다.)

있겠지.

아니 그런 표현이 나오려면 있는 정도가 아니라 도서관이 편의점보다 많아야 할 것 같은데.

나는 떠오르는 대로 말했다가 황급히 변명을 덧붙였다. 말하면 말할수록 편견이 강화되는 듯해 애를 먹었다.

굉장히 컬추얼 인센서티브한 발언이네. 너 웬 금발 벽안 백인이 와서 너한테 한국전쟁은 끝났냐고 하면 기분 어떨 것 같아? 전쟁 중인 나라에 도서관이 웬 말이냐고 하면?

드바의 말이 옳았지만 억울하기도 했다.

나 그렇게까지 애국자 아니라서 별생각 안 들 것 같은데. 솔직히 너도 그 생각 안 했어?

나는 드바의 핀잔을 받아치며 구글 검색창에 in senegal, polite expression for a dead person이라 입력하고 있었는데 검색 결과에 드바가 읽었을 책의 원서인 수전 올리언의 《The Library Book》의 본문 말고는 별것이 나오지 않았다.

야, 아프리카에 원래 한 노인이 죽는 것은 도서관 한 채가 불타 무너지는 것과 같다는 속담이 있대. 그게 조금 와전된 거 아닐까?

세네갈에서 온 친구가 없어서 뭐 진위 여부를 확인할 수가 없네. 아프리카에 도서관이 원래 많은가?

이거 봐, 자기도 똑같은 소리 하면서. 컬추얼 인센서티비티는 너나 나나.

드바는 사레가 들린 듯이 켁켁거리며 웃었다.

있긴 있겠지. 책 한 100권 정도 꽂혀 있는 마을문고도 도서관이면 도서관이잖아. 장서 수가 중요한 게 아니니까.

그런 얘기 하려고 전화한 거야?

응.

그리고 드바와 나는 둘 중 한 명이 죽으면 세네갈식 부고를 실행에 옮기기로 했다. 산 사람이 먼저 죽은 사람의 도서관에 불을 질러주기로. 그때는 약속이라고 생각하지 않았다. 드바와 자주 주고받던 농담의 일종 또는 연장이라고 생각했다. 조금 고상하고 많이 상스럽고 쓸데없이 비장하며 매우 구체적으로 실없는 농담, 애서가들만의.

*

드바의 도서관은 그로부터 2주 후에 불탔다.

*

오늘에 와서야 우리가 마지막으로 나눈 대화가 드바의 함정이었을지도 모른다는 의심을 해본다. 드바는 자신의 도서관이 불탈 것을 알고 자신의 도서관에 불을 질러달라는 주문을 남긴 건 아니었을까. 드바라면 그럴 수도 있다. 반대의 상황을 상상했을 때 드바라면 이런 의심을 전혀 하지 않았을 것 같지만 애초에 그 요청을 먼저 한 쪽은 내가 아니라 드바니까…….

이런 생각이 들어도 무리는 아니다.

*

종종 드바의 장례식에 참석한 사람들을 상상했다.

도서관지기로서 일찌감치 과 생활을 포기했으니 과 동기나 선후배는 거의 오지 않았을 것이다. 생활 도서관의 2010년대 학번인 우리에게는 선배가 많고 후배는 손에 꼽는데 어느 쪽이든 부조를 넉넉히 할 만한 사람은 별로 없다. 나는 드바의 부모님을 그의 졸업식 때 딱 한 번 뵈었다. 두 분 모두 너그럽고 긍정적인 성격 같았다. 친척들도 다 그런지는 모르겠다. 종종 듣기로 드바의 부모님은 각자 집안에서 돌연변이 같은 존재였다. 가난하지만 또는 가난해서 계급 상승 욕구가 엄청난 집안의 장남으로 태어났으나 욕심도 야심도 없었던 아버지와 그를 만나기 전까지는 한 점 흔들림 없는 불심으로 출가를 마음먹고 있었다는 어머니. 머리카락 탈색을 하고 싶다는 이유로 대안 학교를 선택한 드바를 굳이 막지 않은 분들. 청소년기 내내 드바와 함께했다는 대안 학교 친구들과 선생님들은 빠짐없이 참석했을까. 드바는 대안 학교에 다니지 않았다면 굳이 생활 도서관이 있는 대학을 지망하지도 않았을 거라며 치를 떨곤 했지만 그곳에서 만난 사람들에 대해서는 단 한 번도 나쁘게 말한 적 없다.

거기에 누가 있었든, 얼마나 적거나 많은 사람이 모였든, 드바의 가장 절친한 친구가 왜 장례식에 오지 않았는지를 궁금해한 사람이 있을까.

이런 무용한 생각으로 보낸 시간도 적지 않은데, 결론부터 말하자면 아무도 한 사람의 없음쯤은 문제 삼지 않았으리라는 것이 나의 의견이다. 장례식에서는 죽은 사람을 생각하는 것이 합당하다. 어떤 손님이 오고 어떤 손님이 오지 않았는지를 따지는 것은 애도와는 거리가 먼 행동이다.

그러니 누구도 내가 왜 오지 않는가를 궁금해하지 않았을 것이다, 라는 같은 결론에 매번 도달하며 안도하고, 돌아서서는 방금까지 한 모든 생각을 잊고, 드바의 장례식에 누가 참석했을지를 처음부터 다시 상상했다.

내가 아니어도 드바를 사랑한 사람은 얼마든지 있다는 생각에 위안을 얻고 싶은 거라고 나는 믿어왔으나,

*

백 번은 가볍게 넘을 만큼 이 생각을 반복한 지금은 이 생각의 정체를 안다. 드바의 장례식에 가지 못한 것을 교묘하게 자책하는 방식의 하나로 나 대신 나를 원망해 줄 사람들을 상상한 것뿐이다. 누군가의 장례식에 모여 죽은 누군가를 추모하는 대신 나타나지 않은 그의 대학 시절 친구나 생각하는 사람은 상식적으로…… 별로 없겠지만, 그 때문에 이 상상은 내가 그만큼이나 이기적인 사람이라는 사실과 늘 이기적이었던 나를 보상하는 차원에서라도 드바의 마지막 부탁을 들어주어야만 한다는 결심을 더 선명하게 만들 뿐이다.

*

그런데 생활 도서관이…… 뭔가요?

*

A4 사이즈 색지에 인쇄해 반으로 잘라 만든 홍보물을 받아 든 학우들은 열에 아홉쯤 그렇게 물어왔다.

파업은 알겠는데 생활 도서관이 뭔데요?

우리 학교에 그런 게 있어요?

네 종합강의동 5층에 있어요, 한번 놀러 오세요, 냉난방 잘돼요, 라는 식으로 가볍게 넘기며 홍보물을 돌리는 나와 대조되게도 드바는 매번 생활 도서관의 유래와 취지와 2학기 중간고사를 앞둔 지금 갑자기 홍보 활동을 하는 이유를 구구절절 설명했다. 생활 도서관은 1990년대 중후반 이루어진 민중 도서관 설립 운동의 흐름을 대학 내에서 수용한 결과물이라고 할 수 있고요, 한마디로 공공 도서관, 대학으로 치면 중앙 도서관에서 미처 할 수 없는 역할, 예를 들면 지역사회와 지식을 나누는 활동 등을 적극적으로 하려고 학생들 스스로 만든 자치 도서관인데요, 군부독재 당시 금

서로 지정된 책들 위주로 장서를 꾸리다 보니 인문사회과학 도서가 가장 많고요, 지금은 보시다시피 우리 학교 청소 노동자분들이 학교를 상대로 직접 고용을 요구하는 투쟁에 연대 활동을 하고 있는데요…… 드바는 이런 말들을 지치지도 않고 매번 되풀이했고 단순한 호기심에서 질문을 던진 학우들의 얼굴은 난처함으로 얼룩져 가곤 했다.

그나마 질문을 하고서 시간을 들여 답변을 경청하는 학우들은 대단한 인격자들이라 할 수 있었다. 교문과 지하철역 사이에서 나눠 주는 토익 학원이나 헬스클럽 전단지처럼 받아 들자마자 땅에 버리는 사람이 훨씬 많았고, 질문을 해놓고서도 답변이 좀 길다 싶으면 끝까지 듣지 않고 걸음을 옮기는 사람도 그리 드물지 않았다. 드바와 나는 공강 시간마다 종합강의동이나 학생회관 앞을 돌아다니며 홍보물을 뿌렸는데 학우들이 지나가며 아무렇게나 내던진 종잇조각은 우리가 직접 다시 수거해야 했다. 파업 중인 청소 노동자들이 주워주기를 기다릴 수는 없으니까. 삼십 분 뿌리고 십 분 줍고 삼십 분 뿌리고 십 분 줍고, 그렇게 2주를 보냈다. 2주간 우리가 살포한 홍보물은 5000여 장에 이르렀다. 홍보물의 내용은 청소 노동자 파업의 정당성을 알리는 것이었는데 생활 도서관의 인지도가 덩달아 상승했다.

덕분에 생활 도서관 이용자 수는 종전의 200퍼센트 이상 증가했고 하루에 열 명 넘게 방문한 적도 있었다.

진작 이렇게 했어야 하는데.

뭐를?

파업을 떠나서 그냥 생도 홍보 활동을 이렇게 해야 했어.

드바는 그렇게 한탄했지만 관장과 부관장 단 두 명밖에는 일꾼이 없는데⋯⋯ 하물며 부관장은 딱히 매일 얼굴을 내비치는 것도 아닌 마당에 그게 말이나 되나. 내 생각은 그랬지만 입 밖으로 꺼내지는 않았다. 그동안 못 했던 것을 이번에는 했다는 말은 다시 생각하면 이번에야말로 할 수 있는 것을 다 했다는 뜻이고, 정말로 할 수 있는 것을 다 했다고 생각한다면, 그게 드바의 생각이라면⋯⋯ 그걸로 충분하겠지.

드바가 관장이던 마지막 해에 우리가 한 이 열정적인 홍보 활동은 이듬해 첫 전체 학생 대표자 회의에서 다음과 같은 공격으로 돌아왔다.

생활 도서관이 뭔가요?

그게 뭔데 학생회비로 운영되죠?

*

비슷한 질문을 학교 청소 노동자들은 이렇게 했다.

학생들이 회비 내고 쓰는 시설인데 우리 같은 사람들이 마음대로 드나들어도 되나요?

파업 회의 공간으로(청소 노동자들의 휴게 공간은 각 단과대 건물 중앙 계단 1층 아래 등 매우 협소해서 결코 전원이 입실할 수 없었다) 생활 도서관을 제공했을 때 나온 이 질문에 드바는 학우들에게 말한 것과 똑같은 방식으로 설명했다. 생활 도서관은 공공, 중앙 도서관이 해낼 수 없는 몫을 위해 만들어진 공간이고 지역사회와 지식을 공유하기 위해 만들어진 공간으로……. 절반 정도는 질린다는 듯 손사래를 치며 아유, 알았으니까 됐다고 했지만 또 절반 정도는 설명을 끝까지 들은 후에 눈을 빛내며 그러면 나도 여기에서 책을 빌려 봐도 괜찮으냐고 물었다. 파업이 끝나도 휴게 시간에 이곳에 와도 되는 거냐고. 당연히 둘 다 괜찮다고 우리는 대답했는데 파업이 끝난 이후에 생활 도서관에 찾아온 사람은 두 명 정도밖에 없었으며, 그중 진짜로 책을 빌려 간 사람은 한 명뿐이었다. 그 단 한 분은 내가 졸업할 때까지 2주에 세 권씩 꼬박꼬박 책을 빌렸고, 실제로 다 읽는지는 확인할 길이 없었지만 내가 아는 한 대출 기한을 넘긴 적이 단 한 번도 없었다.

파업은 성공하지 못했다. 고용인들을 비인격적으로 대우하고 급여 산출 과정이 불투명한 중간 업체 대신 학교가 주체가 되어 청소 노동자들과 직접 계약을 해달라는 단순한 요구가 곧이곧대로 받아들여지지 않았다. 다만 실패라고만 볼 수도 없기는 했다. 중간 업체가 다른 곳으로 바뀌었지만 기존 청소 노동자들의 고용 상태는 그대로 승계되었고, 이 업체의 계약 내용이 훨씬 괜찮다는 것이 중론이었다. 다들 나와 드바에게 고맙다고 했다. 고맙다는 말을 들으려고 한 일은 아니었지만 나는 내심 으쓱해하고 있었는데 드바는 파업을 완전히 성공시키지 못했다는 사실에 상당한 부채감을 느끼는 듯했다. 그간의 경험을 통해 나는 내가 어떤 노력을 해도 드바가 한번 품은 생각을 바꿀 수 없다는 것을 알고 있었다.

*

학교 정문 바로 뒤에 못 보던 건물이 불쑥 솟아 있었다. 공사 과정조차 보지 못한 완전한 새 건물이. 꽤 오래전 일이라곤 해도 늘 오고 가던 등하교 경로인지라 발이 길에 익어는 있는데 정문에서부터 낯선 건물을 보니 여기가 내가 다니던 학교가 맞나 싶은 생각을 피하기 어렵다.

없던 건물을 세우는 거야 그렇다 쳐도 있던 건물을 설마 허물지는 않았으려니 믿으며 종합강의동 자리를 찾아 걸었다. 방향은 맞는 듯한데 보도블록, 화단 구획이며 배치조차 내 기억과는 다른 것 같아 뜻밖에 조금씩은 머뭇거리게 되었다.

담배나 한 대 피울까 했는데 곳곳에 금연 캠퍼스 지정 팻말이 꽂혀 있어 그것도 여의치 않았다. 캠퍼스 전체가 금연 구역이면 흡연자는 어디 가서 담배를 피우란 말이지? 어디 한 군데쯤은 흡연 구역이 있을 법한데 좀체 눈에 띄지 않았다.

그래도 다행히 종합강의동은 내가 알던 그 자리에 있다. 그건 역시 그렇겠지, 종합강의동은 재미 삼아 종합강의동이 아니고 전교생이 다 듣는 교양 강의가 배치되는 건물이어서 종합강의동이니까. 빌어먹을 엘리베이터도 없이 그대로 버티고 있는 것마저 예전과 같았다. 새 건물은 죽순처럼 쑥쑥 올리면서 원래 건물에 엘리베이터 설치하는 게 어렵냐고.

4층 중간까지 헉헉거리면서 오르고 보니 5층 복도가 어두웠다. 설마 하며 층계참을 돌아 올라가자 계단 앞에 공사 중 표지판이 놓여 있었다. 표지판을 슬쩍 밀며 고개를 빼고 보니 생활 도서관 문 앞은 각종 공사 부자재들로 가로막힌 채였다.

*

전체 학생 대표자 중에서도 절반 정도는 존재를 모르고 나머지 절반 정도도 그냥 뭐, 원래부터 있으니까 있는 것이려니 해왔기에 큰 존재감 없이도 학생 자치 기구 지위를 오랫동안 유지해 왔던 생활 도서관은 학교 청소 노동자 파업 때 '튀는' 바람에 이듬해 전체 회의에서 자치 기구 자격을 박탈당했다. 전체 학생 대표자, 그러니까 총학생회와 졸업위원회 국장 이상 임원 및 각 단과대와 과 학생회장단을 합쳐 80여 명 중 과반이 동의한 결과였다.

자치 기구 자격 재심 안건을 발의한 경영대 학생회장은 세 가지 근거를 들었다. 첫째, 생활 도서관 관장직은 다른 학생 대표자들과 달리 전체 투표를 통해 선출하지 않기에 학생회비로 운영될 자격이 없으며, 이 때문에 몇 년 전에 장학금 부정 수혜 논란도 일으켰다. 둘째, 생활 도서관을 이용하는 학생이 중앙 도서관 이용자에 비해 매우 적어 존재 의의가 뚜렷하지 않다. 셋째, 생활 도서관은 지난 학기 미화원 파업에 동조했는데 미화원을 선동해 전체 학생의 학습을 방해하고 캠퍼스를 더럽힌 것도 문제거니와 특정 정치색이 강해 우리 학교 학생을 대표한다고 할 수 없다.

개소리, 개소리, 개소리였다. 경영대 학생회장이 앉자 모두 우리 쪽을 바라보았고 드바가 기대에 응하듯 거수했다. 누군가 드바는 더 이상 관장이 아니므로 발언권이 없다고 외쳤다. 드바가 큰 소리로 말했다. 참관인은 발의 자격이 없지 발언권이 없는 게 아닙니다. 질문할 자격도 없습니까? 의장이 손짓하자 총학생회 홍보국장 비표를 건 사람이 드바에게 무선마이크를 갖다주었다. 드바는 마이크를 툭툭 치며 음향을 확인한 다음 말했다.

좆대로 해라, 이 시발 새끼들아.

드바는 마이크를 떨어뜨리고 강당을 나갔다. 관장직을 이어받은 후배가 당황하며 마이크를 들고 일어났다. 드바는 참관인일 뿐 생활 도서관을 대표해서 발언한 것이 아니라는 해명을 들으며 나도 강당을 나섰다. 드바는 보이지 않았다. 어디에서도 드바를 찾을 수 없었다.

*

순간 귀 안쪽에서 열과 압력이 밀려 나오는 느낌이 들고 현기증이 나서 휘청거리며 다시 층계를 내려왔다. 한참 전부터 걱정했던 일이 결국은 일어났다, 이 생각만으로도 냉정을 유지할 수 없게 되었다. 생활 도서관이 마침내 없어진 거라면 나는 드바의 마지막 부탁을 들어줄 수 없는 건가 하는 지점에 생각이 이르자 똑바로 서 있기도 힘들 만큼 화가 났다.

"……학형?"

부르는 소리에 뿌옇게 흐려졌던 시야가 조금씩 선명함을 되찾았다. 아는 사람이었다. 알다 못해 오늘 만나기에는 공교로운 상대랄지.

"웬일이에요?"

"어……."

그 후배의 원래 이름이 기억나지 않았다. 드바가 붙인 별명이 아진이었다는 기억뿐. 그거면 충분하다는 생각이 뒤늦게 따라왔다. 원래 늘 아진이라 불렀는데 갑자기 본명으로 불러버리면 상대방도 어색하겠지. 그렇게 생각하고도 아진이라는 이름은 입에서 잘 나오지 않았다. 드바가 붙인 별명이어서 잊을 수 없었고, 역시 드바가 붙인 별명이어서 함부로 부를 수 없었다.

"너…… 아직 학교 다니는구나."

"로스쿨이요."

"아…… 그렇구나."

아진은 미심쩍은 얼굴이었다. 하긴 그렇겠지, 학번 차도 꽤 나는 데다 한참 전에 졸업하고 코빼기도 보이지 않던 선배가 갑자기 나타나서 머리를 싸쥐고 두리번대고 있으면 저 사람이 저기서 왜 저러나 싶겠지.

"누구 찾으세요?"

"누구라기보다…… 생도 가려고 했는데."

"아, 생도요? 옮긴 지 좀 됐는데 모르셨구나."

"옮겼다고?"

"네, 신축 인문대 건물로 갔어요. 아, 거기도 어딘지 모르시겠구나. 저 어차피 학관 가야 하니까 같이 가요."

아진은 나보다 조금 앞서서 종합강의동을 나섰고, 나는 아직 건물 안 그늘 아래 있는데 대낮의 캠퍼스 속 아진만 뒷모습이 환했다. 그대로 멈춰 서서 그 환한 뒷모습을 잠깐 보고 있었다. 무슨 말이든 해야 할 것 같았는데 어떤 말도 떠오르지 않았다.

*

다름 아닌 아진이 바로 그 회의에서 드바의 돌발 행동을 수습한 차기 관장이었다. 아진이 전해준바 회의에서 결정된 사항들은 다음과 같았다. 첫해, 그러니까 이번 연도에는 학생회비에서 분배받는 운영비 지급을 멈춘다. 이듬해에는 공간을 철수한다. 구 생활 도서관 공간을 어떻게 활용할지 총학생회와 행정 본부가 논의할 것. 사실상 폐지 결정이었다.

교무처 가서 물어봤는데 한 5년 내로 종합강의동 증축해서 로스쿨 도서관 만드는 로드맵이 있대요.

아진은 담담하게 말했다.

드바가 생활 도서관에 돌아온 것은 전체 학생 대표자 회의가 끝난 지 일주일 만의 일이었다. 뭘 했냐고 물어봤더니 집에 갔다 왔다고 했다. 대학교 같은 거 너무 질려서 다 꼴 보기 싫었다고. 그래도 집에 있는 동안에 마음이 많이 정리되었는지 드바도 꽤 담담해 보였다. 아진이 전체 학생 대표자 회의에서 일방적으로 결정된 사항들을 전했을 때도 드바는 흥분하지 않았다. 어떡하냐고 묻는 쪽은 나였다.

어떡하긴 뭘 어떡해, 전통적인 방식으로 가야지.

전통적인 방식이란?

점거해야지. 생도 처음 만들 때 했듯이.

*

"학형, 뭐 해요? 저 시간 그렇게 많지 않아요."

생활 도서관에서는 부르고 듣는 사람의 성별이나 지향과는 무관하게 연장자를 학형이라고 불렀다. 언젠가 운영 회의에서 드바가 연장자를 구분해 부르는 것도 비민주적인 구습이니 구성원 간 합의에 따라 자유롭게 부르는 식으로, 그러니까 보통 대학생처럼 하자고 건의했는데 아진이 나서서 반대했다. 과에서 하듯이 오빠 오빠 하느니 이게 낫다고. 예스럽기는 해도 우리만의 방식이 하나쯤 있다는 점이 또 좋다고. 아진은 1학년 2학기에 생활 도서관 운영진으로 합류했고 관장이 되고 싶다는 의사까지 밝힌 귀한 후배였기에 드바도 고집을 부리지 못했다. 나중에 너 설마 개한테 오빠 소리 듣고 싶었던 거냐고 놀리자 드바의 얼굴은 시뻘겋게 달아올랐다.

아진을 따라 걷는 동안 적당한 대화 소재를 찾느라 애

를 먹었다.

"원래 생도 공간은 어떻게 된 거야?"

"장례식 왜 안 왔어요?"

어렵사리 찾아낸 화제를 꺼낸 순간 아진이 동시에 물었다. 내가 멀뚱멀뚱 쳐다보자 아진이 먼저 대답했다.

"로스쿨 도서관하고 종강 건물 연결하는 브리즈웨이 지을 거래요. 엘리베이터도 설치하고."

결국은 계획대로 되는구나. 그 생각을 하니 헛웃음이 나왔다.

"학교 재단 그 많은 돈 다 어디다 쓰나 했더니 이제야 푸는구나."

"장례식은 왜 안 왔냐고요."

아진은 내 너스레를 받아주지 않고 재차 물었다. 할 말이 없었다. 갖다 붙이면 뭐든 이유가 되었지만 가장 친한 친구의 마지막을 지키지 못할 이유로는 전부 너무 사소했다. 지방 출장 중이었고 일주일 내내 큰 비가 쏟아졌다. 웬만한 사이라면 아 그러면 어쩔 수 없지, 라고 할 수도 있을 만한 조건들이지만 나와 드바의 사이를 두고 생각했을 때는 별일도 아니었다. 빗길이 대수였을까, 장례식에 가려는 마음을 먹었더라면. 혼자 간 출장이 아니었으므로 양해를 구하고 먼저 떠날 수도 있었다. 나는 그냥…… 보고 싶지 않았던 거다. 드바의 영정 사진 같은 것은.

나는 드바를 진심으로 좋아했지만 드바를 생각하면 피곤하기도 했다. 드바는 늘 싸우고 있었고 그건 생활 도서관 관장으로서 드바가 해야 하는 가장 중요한 일이었으며 나 또한 항상 물러서지 않는 드바를 좋아했다. 그러니까 총체적으로 엉망이었던 거다, 내가 드바를 좋아하는 마음이란 드바와 함께하는 동안에 느낀 피로감과 분리되지 않기 때문에. 전화가 오면 피하지 않고 받았고 드바가 늘어놓는 요설을 끊임없이 들어주었지만 내가 먼저 전화를 걸거나 만나자고 한 적은 없었다. 졸업하고 나는 사회생활이라는 이상한 것을 어떻게든 해보려고 노력 중이었는데 학번이 같은 드바는 나보다 훨씬 늦게 학교를 떠났고 우리가 함께 누렸던 도서관 생활 이야기를 한참 동안 했다. 정다운 이야기였으나 꼭 그만큼 지긋지긋하기도 했다.

"미안하게 생각해."

아진은 아무 말도 하지 않았다.

*

학교에서 하는 일이 다 그렇듯 자치 기구 탈락 결정 이후 2년 넘게 지나서도 철거는 시작되지 않았다. 총학생회장도 바뀌고 마침 총장도 바뀌고 하는 동안에 학교 어딘가에 있는 작은 불법 도서관을 어쩌기로 했는지는 모두 잊어버렸지. 그사이에 나는 학교를 떠났다. 생활 도서관은 계속 운영비를 받지 못했고 드바는 3개월에 한 번 사비로 신간을 구입해 서고에 채워 넣었다. 드바가 새 장서를 비치했다는 연락을 해올 때마다 나는 언젠가, 머지않은 미래에 학교에서 대동한 인력이 생활 도서관에 들이닥쳐 그 책들을 마구잡이로 꺼내 집어던지지 않을까를 상상했다. 던질 책이 많을수록 더 많이 상처 받겠지만 더 오래 버틸 수도 있겠지. 그런 생각을 드바에게 말하지는 않았다.

그러던 어느 날 드바는 마침내 학교로부터 연락을 받았다.

최후통첩?

나도 그런 줄 알았는데 아니더라.

은밀히 지속되던 생활 도서관의 강의 공간 점유 상태는 뜻밖의 인물로 인해 행정 본부에 알려졌다. 사비를 갹출해 장서를 마련하다 못한 드바와 아진이 운영비를 마련하려고 생활 도서관 역대 운영 위원들을 초대해 일일 주점을 열었는데, 이때 다녀간 선배 중 하나가 1980년대 학번 또 다른 선배에게 연락해 기부를 요청했다는 것이다. 한국인이라면 누구나 이름을 아는 모 그룹 주요 임원진이라는 해당 인물은 행정 본부에 총장 면담을 요청하고 생활 도서관 후원금으로 상당한 금액을 기탁했다. 나쁘지 않은 이야기였지만 나는 드바가 그런 방식을 용납할 리 없다고 생각했다.

너는 그게 괜찮았어?

그럼 뭐 어떡하냐, 나도 곧 졸업인데. 망하게 두는 것보다 낫지.

후원자의 성의에 감동한 학교 측은 생활 도서관 폐지를 무효화하고 후원금 일부를 매년 생활 도서관에 전달하기로 약속했고 후원자와 운영진을 초대해 만찬까지 열어주었다.

그렇게 큰돈이야?

한 100년 치 운영비 정도?

그래서 뭐라고 했어?

뭐 대충, 생활 도서관이 죽지 않게 해주셔서 정말 감사드립니다. 저는 노어노문학과로 입학했는데 과가 통폐합되어서 아는 러시아어가 많지는 않은데요, 러시아어로 건배 정도는 할 수 있습니다. 아무튼 감사합니다. 참 경사스럽네요. 예바놈(Ебанём)!

진짜 그랬어?

진짜 그랬지.

미친놈인가 봐.

*

신축 인문대 건물에 자리한 생활 도서관은 전보다 번듯하고 산뜻했다. 문을 열자 디퓨저 향까지 났다. 출입문 안쪽에 부착한 상근자 시간표에는 월요일부터 금요일까지 운영 시간 내내 빠지는 칸 없이 두세 명씩 이름이 꼭꼭 적혀 있었다. 드바가 관장이던 시절의 생활 도서관에는 상근표가 없었다. 어차피 공강 시간마다 드바가 있으므로. 상근자 시간표대로 운영 위원 두 명이 생활 도서관을 지키고 있었고 그들은 아진을 학형이라고 불렀다. 늘 나를 학형이라 부르던 아진을(일정 시점 이후부터 드바는 학형을 떼고 그냥 드바라고 불렀다) 누가 그 호칭으로 부르는 게 귀여워서 조금 웃었다. 아진은 그들에게 나를 생활 도서관 화석이라고 소개했다.

"너는 화석 아냐?"

"저는 뭐 아직 학교 다니니까 암모나이트 정도?"

곧 여기에 불을 질러야 하는데 상근자가 두 명이나 있다니…… 하는 걱정을 삼키며 어설프게 던진 말에 아진은 웃으면서 대답했다.

"장서가 몇 권 정도 돼?"

"구 생도 시절보다 2000권 정도 늘었어요."

"그런데…… 다 새 책이네."

"너무 낡은 책은 안쪽 창고에 넣어놨어요."

음, 하고 나는 입을 다물었다. 드바라면 화를 냈을 것이다. 아진이 말하는 너무 낡은 책이란 생활 도서관을 있게 한 책들이니까. 학생들이 공간을 점거하려고 가져온 손때 묻은 사회과학서들. 나는 화를 내지 않았다. 드바라면 화를 냈을 테지만 아무튼 나는 드바가 아니니까. 드바를 대신하려는 것도 아니니까. 새 책이든 낡은 책이든 어차피 드바의 부탁대로 할 생각이니까…….

아진은 스마트워치를 흘끗 보고 문을 가리켰다.

"저 빨리 학관 가봐야 해서 먼저 나갈게요."

"그래, 데려다줘서 고마워."

"아니에요. 그래도 오랜만에 보니 좋네요. 자주 오세요."

뭐라 대답할 말을 찾지 못해서 손을 흔들었다. 팔꿈치

로 문을 밀고 나가던 아진이 갑자기 멈춰 서더니 큰 소리로 물었다.

"학형, 드바 좋아했죠?"

아진은 러시아어로 1을 뜻했고 그건 드바와 짝이라는 뜻이었다. 별명을 그렇게 지어서인지 원래 의도가 불순해서 별명을 그렇게 지었는지 모르겠으나 아진이 생활 도서관 관장이 된 지 얼마 지나지 않아 두 사람은 사귀기 시작했고 제법 오래 만났다.

"좋아했지."

그래서 일이 이렇게 된 거지.

내 대답에 아진은 그럴 줄 알았다는 듯이 고개를 크게 끄덕이고 나갔다. 훨씬 어린 상근자들은 문 쪽과 내 쪽을 번갈아 보며 영문 모르는 표정을 지었다.

안 그래도 드바가 그 이야기를 한 적이 있다. 아진이 자꾸 우리 사이를 두고 불안해한다고. 현 애인한테 구 애인보다 더 무서운 건 사귈 뻔한 사람인 법이라고.

아진은 드바가 나에게 그런 말까지 한 줄은 몰랐겠지만 드바는 그 정도로 나를 좋아했다. 그런 말을 아무렇지도 않게 농담으로 할 수 있을 만큼만.

*

창고를 잠깐 둘러봐도 되겠냐고 묻자 상근자들이 문을 열어주었다. 창고라기엔 작은 공간이었고, 상자에 넣어둔 헌책들로 새 건물인데도 쾨쾨한 책 곰팡이 냄새가 났다. 잠깐만 혼자 있게 해달라고 하니 상근자들은 별말 없이 나가며 문을 닫아주었다.

상자 하나를 깔고 앉아 또 다른 상자 하나를 열어보면서 어떤 책에 불을 붙일지를 고민했다. 밑불거리로 삼을 만한 책이 눈에 띄지 않았다. 드바에게는 미안하지만 막상 실행하려니 그런 마음이 들었다. 생활 도서관에 있는 책 중에 불에 타도 되는 책은 하나도 없었다. 그렇다고 드바의 요청을 못 들은 것으로 할 수도 없었다.

무릎을 짚고 앉아 한참을 고민하다 담배를 꺼냈다. 담배를 피우고 박스에 떨어뜨리면 불이 붙겠지. 불이 제대로 붙지 않으면…… 그냥 가지 뭐. 그 정도는 괜찮겠지? 그 정도는 이해할 수 있겠지? 아무리 작은 불씨라도 도서관이 불을 품었던 건 틀림없으니까. 이 정도만 해도 내가 꽤 용기 냈다는 거 알겠지 드바?

*

나는 조금 떨면서 담배에 불을 붙였다. 작고 밀폐된 공간이라 금세 연기가 자욱하게 찼다. 곧 상근자들이 오겠지, 안에서 담배 냄새가 새어 나갈 테니까……. 한껏 빨아들였을 때 갑자기 사레가 들렸고 덜컥 겁이 났다. 이 안에서 불이 나면 나도 죽을 수 있다는 것을 원래도 알고는 있었지만 연기가 겹겹으로 차오르니 말 그대로 불현듯 실감하게 되었다. 미친 듯이 기침을 하면서도 손에 쥔 담배가 흔들리지 않도록 다른 손으로 손목을 붙들었다. 눈가에 맺힌 매운 눈물 때문에 빨간 담배 불씨가 여러 겹으로 보였고 그건 마치 불꽃놀이 같았다.

요란한 소리로 화재경보기가 울리기 시작했다. 함부로 털지도 못해서 아슬아슬하게 붙어 있던 길고 흰 재가 굉음에 반응하듯 상자에 툭 떨어졌다. 이윽고 천장의 스프링클러가 물줄기를 뿜어댔다.

씨발, 빌어먹을 신축 건물, 시설 끝내주네.

불 꺼진 담배꽁초를 내던지고 상자를 몸으로 감싸 젖지 않게 막으면서 드바라면 꼭 그렇게 말했을 거라는 생각을 했다. 누군가 창고를 향해 달려오는 발소리가 들렸다.

* 본 저작물은 소전문화재단의 후원으로 집필되었습니다.

김수진의 경우

서명해 주세요.

김, 수, 진. 그래, 그러고 보니까 사인 연습은 한 번도 해 본 적 없구나. 이름이 아주 바뀐 지도 1년이 넘었는데 사인은 생각지도 못했네. 수술 동의서 성명 칸과 서명 칸에 이름을 두 번, 똑같은 모양으로 정서하면서 수진은 불쑥 쑥스러움을 느꼈다.

"이것만 하면 되나요?"

그 뒤에 몇 장 더 있다는 답이 돌아왔다.

보험에 가입할 때처럼 긴 서류였다. 수진은 자기 이름을 열여섯 번 더 썼다. 우발적 사고 가능성에 대한 안내를 충분히 받았음, 부작용 및 합병증에 대한 의료진의 설명을 이해했음, 수술 사례가 의과 학술 연구 논문 등의 데이터베이스로 쓰인다는 사실을 사전에 안내받았으며 이에 동의

함, 수술 및 회복 과정에서 행해지는 의료적 처치 전반의 녹화 및 녹취 등을 승인함, 기타 등등. 최종적으로 인공 자궁 이식 수술 실험 참여에 동의함.

실상 수진에게는 다시없을 기회였다. 가끔 드나들던 트랜스젠더 인터넷 커뮤니티 게시판에서 실험 참여자 구인 공고를 보고서는 주변 친구들에게 글을 복사해 보내며 호들갑을 떨기도 했다. 애들아, 이것 봐, 대박이지 않니. 해당되는 사람 다 지원해 보자. 성인, SRS(Sex Reassignment Surgery) 후 3년 이상, 법적 성별 정정 완료자에 한함. 수진을 비롯해 지인들 대부분은 가볍게 통과할 수 있는 제한 사항들이었다. 수진은 지원 마감일을 한참 남겨두고 접수를 해치운 다음 친구들을 닦달했다.

그거 했어? 그거 접수 다음 주까지래. 빨리해, 마감 날 울면서 지원서 쓰느라 힘 빼지 말고. 나라에서 연구 차원에서 해주는 거라 비용 부담 없는 대신에 면접이 빡셀 것 같더라. 접수 서류에 별 질문이 다 있는 거 있지. F64(성주체성장애) 코드 받을 때 하던 질문들 기억나? 그거랑 비슷해. 모성애를 느낀 적이 있다면 그 구체적인 경험에 대해 서술하시오, 막 이런 질문에 500자 이상 서술하래. 웃기는 게 뭔지 알아? 500자 언제 다 쓰냐 하면서 쓰기 시작했는데 쓰고 보니까 세상에 1200자 넘었더라. 혹시 도움 될지 모르니까 어떻게 썼는지 좀 들려줄게, 내가 있잖아 무슨 얘기를 썼냐면…….

언니, 적당히 좀 해.

듣다 못한 친구들 중 하나가 싫은 소리를 늘어놓았다. 아무도 관심 없어 그거. 내가 여자 된다고 했지 언제 엄마 되고 싶댔어? SRS 할 때도 그 개고생을 했는데 배에다 뭘 또 집어넣어. 나 안 할 거니까 언니 그거 꼭 돼. 알겠지?

그렇게 말한 친구는 다른 애들이 다 착해서 언니 말 듣고만 있는데 생각은 자기랑 똑같다며, 본인이 총대를 메고 나선 거니까 다신 그런 얘기 꺼내지 말라고 했다. 수진은 민망하고 머쓱했다. 싫으면 마라, 얼마나 의미 있는 수술인데. 자궁 단다고 다 엄마 된다고 누가 그래? 그냥 자궁은 갓난아기한테도 있고 쭈그렁 할머니들한테도 다 있어. 자궁 없다고 여자 아닌 거 아니듯이 자궁 단다고 꼭 엄마 해야 하는 건 아니야. 무슨 말들을 그렇게 하니. 덕분에 경쟁률 줄어서 고맙긴 하네, 뭐.

말은 그렇게 했지만 수진은 엄마가 되고 싶었다. 여자가 되고 싶다는 생각은 한 번도 해본 적 없지만(태어날 때부터 여자였는데 어째서 여자가 되고 싶어야 하는가?) 엄마가 되고 싶다는 생각은 아주 어릴 때부터 해왔다. 그런 자신이 주변 트랜스여성 커뮤니티에서 유별난 케이스라는 것은 진작부터 알았으나 어딘가에 자기 같은 사람이 또 없으리라 단정지을 수도 없었다. 혹시 안 되면 배 아파서 어떡하지? 해외에도 아직 사례가 별로 없는 수술이어서 어마어마하게 비싼지라 원정 수술은 언감생심 꿈도 꾸지 못하는데 국내 상용화가 언제 이루어질지도 짐작할 수 없었다. 그런데 누군가는, 그것도 나 같은 그러나 나 아닌 누군가는 그 수술을 받아서 엄마가 되는 꿈을 이룰 텐데, 그럼 얼마나 부럽고 분할까.

수술 이후에 다시 논의할 거긴 한데, 미리 말씀드리면 이 수술을 받는다는 건 차후에 '인공 임신 프로젝트'에도 참여하겠다고 동의한 것과 마찬가지라고 생각하셔야 해요.

면접 단계에서 이 말을 들었을 때 감사하다고 대답한 사람은 자기밖에 없으리라고 수진은 확신했다. 진심으로 감사했다. 듣자 하니 일반 불임 부부에게도 그렇게나 비싸고 어려운 과정이라던데 독신인 자기에게 이렇게 좋은 기회가 주어진다는 걸 믿을 수 없었다. 실험 대상 적격자로 최종 선정되었다는 통보를 받았을 때는 어찌나 감격했는지 심지어 다른 여자들과 다르게 태어났다는 것에도 난생처음 감사한 마음이 들 정도였다.

비혼주의 독신 여성이면서 엄마가 되고 싶은 여자 김수진이 있다고 쳐. 어딘가 한 명쯤은 있겠지, 김수진은 흔한 이름이니까. 일단 나도 있잖아. 이 김수진과 그 김수진의 다른 점은 자연히 태어난 여자 김수진에게 '자연 자궁'이 있고 수술로 실제와 신체의 성별을 일치시킨 김수진에게는 없다는 거지. 그런데 자연히 태어난 김수진의 자연 자궁이 건강하지 않아. 그래서 자연히 태어난 어떤 여자 김수진도 나처럼 엄마가 되는 꿈은 이루기가 어려워. 만약 내가 그런 김수진이라면 이런 기회를 얻을 수 있었을까. 운이 좋아서 건강하게 태어나고 자기 몸에 아무런 불만도 느끼지 않고 자라는 김수진도 물론 찾아보면 있겠지만 그런 김수진은 아마 생각보다 많지 않을걸. 성형수술을 받고 싶은 김수진, 키가 좀 더 크거나 작았으면 좋겠다고 생각하는 김수진, 일상생활에서 꼭 렌즈나 보청기를 껴야 하는 게 이제는 지긋지긋한 김수진. 사람들이 김수진이라고 부르지만 스스로를 김호진이라고 생각하는 김수진도 있을 거야, 당연히.

자연 자궁이 없었던 나에게 인공 자궁을 이식하는 수술이 성공한다면 더 많은 김수진들이 엄마가 될 기회가 생기겠지.

그래서 수진은 대답했다.

"그야말로 제가 바라던 바예요. 그럴 수만 있다면 너무 감사한 거죠."

*

"그건 얼마래니?"

수술받게 되었다는 소식을 전하자 수진의 엄마는 그것부터 물었다.

근 몇 년 사이 수진의 몸에는 이미 대졸 신입 사원 연봉 2년 치에 가까운 의료비가 쓰였다. 엄마가 당연하다는 듯 수술비부터 묻는 까닭은 수진의 트랜지션 비용 절반 이상을 부담한 경험 때문일 것이다. 몸을 되찾는 일에는 돈이, 그것도 어마어마한 돈이 든다는 것을 잘 알아서.

다른 트랜스젠더의 부모들이 대개 그러듯 수진의 엄마도 처음에는 트랜지션을 극구 반대했다. 많은 부모가 자식의 신체적 성별이 달라지는 것을 보느니 차라리 연을 끊는 쪽을 선택한다. 수진은 비교적 운이 좋은 편이라고 할 수 있었다. 그래서 그건 얼마 든대니? 그때도 엄마는 수긍인지 포기인지 모를 말투로 물었다. 수진은 고개를 들고 엄마를 보았다. 왜 그런 것부터 묻지?

"안전한 수술이냐는 말이 먼저 나와야 하는 거 아냐?"

수진은 발톱을 깎고 엄마는 콩나물을 다듬는 중이었다. 한동안 침묵이 흘렀기에 수진의 발톱 조각이 떨어지고 엄마가 쥐고 있던 콩나물 줄기가 부러지는 미미한 소리가 어디에도 묻히지 않고 또렷했다.

"엄마가 해줄 수 있는 정도인지 궁금해서 물어봤지."

"돈 안 들어."

"듣자니까 트랜지스터인가 그거보다 어려운 수술 같은데 어떻게 돈이 안 들어?"

"나한테 실험하는 거니까. 오히려 돈을 좀 줘. 수술 후에 회복하는 동안 경제활동 못 할까 봐."

식탁 의자에 앉아 있던 엄마가 거실 바닥에 앉은 수진을 향해 돌아앉았다.

"너를 가지고 생체 실험을 한다는 거야?"

"생체 실험은 무슨 생체 실험이야, 외국에서는 벌써 다 하는 건데 국내에 아직 도입이 안 된 기술일 뿐이야. 엄마는 무슨 말을 그렇게 해?"

발톱깎이를 탁 내려놓으며 수진이 벌컥 성을 냈다.

"돈 얘기부터 꺼내지를 않나, 생체 실험이라느니 이상

한 소릴 하지 않나."

엄마는 수진을 한참 쳐다보다가 물었다.

"그러면 내가 뭐라고 했어야 좋았겠니?"

"말했잖아, 그거 안전한 수술인지 물어달라고. 나는 괜찮은 거냐고 물어줘야지."

엄마는 수진이 말한 대로 따라 묻는 대신 수진을 물끄러미 보기만 했다. 엄마의 눈길이 정말 그런 거냐고 묻는 것 같아서 수진은 눈을 피했다.

"……너는 괜찮니?"

"괜찮지. 완전 좋지."

"안전한 수술이니?"

"그건 몰라."

떨떠름하나마 웃는 표정에 가까웠던 엄마의 얼굴이 대번에 흐려졌다.

"안전하지도 않은 수술을 공짜라고 막 받겠다는 말이야?"

"안전하지 않다는 게 뭐 아프고 위독하고 그렇게 된다는 뜻이 아니라, 엄마…… 내 몸에 없던 장기를 만들어서 하나 추가하는 거잖아. 그럼 내 몸이 그걸 받아들여야 한단 말이야. 그러다 안 되면 다시 떼야 할지도 모른대. 성공 확률이 높지 않다는 거지, 목숨이 왔다 갔다 한다는 게 아니고."

"그럼 위험한 수술은 아니야?"

"그렇지."

수진은 의료진으로부터 부작용에 대해 상세히 설명을 들었지만 엄마에게 다는 말하지 않기로 했다. 염증이나 농양 따위는 인공장기 이식뿐 아니라 다른 어떤 수술을 받아도 다 발생할 수 있고…… 수진의 체격이 작고 마른 편이라 인공 자궁을 위한 공간 확보에 어려움이 있을 수 있다는 것, 그래서 이식 후 다른 장기가 심한 압박을 받아 무리가 생길 수 있다는 것은 설명 그대로 가능성 차원의 문제로 들렸다. SRS 전 호르몬 요법을 도와주던 의사도 저체중이라며 늘 걱정을 늘어놓았지만, 봐, 무사히 마치고 지금 이렇게 잘 살고 있잖아.

"이번에는 엄마한테 부탁할 거 없어."

그러니까 나한테 뭐 빚진 것처럼 퍼 주려고 하지 좀 마. 수진은 그렇게 말하는 대신에 발가락을 만지작거렸다.

한참 만에 엄마가 자리에서 일어났다. 깔끔히 다듬은 콩나물이 가득 찬 냄비를 싱크대로 옮겼다. 수진도 일어나서 깎은 발톱과 다듬고 남은 콩나물을 휴지통에 한꺼번에

털어 넣었다.

엄마는 싱크대에서, 수진은 화장실에서 말없이 손을 씻었다.

*

수챗구멍.

전신마취에서 깨어날 때마다 그게 떠오르는 이유가 무얼까.

수술대에 누운 직후부터 기억이 닦여 나간 것처럼 깨끗이 사라지고 의식이 돌아온 회복실에서부터 천연덕스럽게 이어졌다. 갑자기 정신을 잃고 갑자기 정신을 되찾았다. 그러기로 약속된 것이어서 아무도, 수진조차 놀라지 않았다. 간호사가 수진의 팔로 이어진 링거 카데터를 확인하고 지나갔다. 수진은 시계 초침 소리를 의식하기 시작했다. 어떤 기계에서 나는지 모를 일정하고 단조로운 삐 소리가 잠깐 거슬리다가 이내 귀에 익어 사라졌다. 그렇게 의식과 연관된 감각들이 조금씩 돌아오는 것이 느껴졌다.

자세를 바꾸려고 몸을 들썩이자 간호사들이 달려왔다.

아직 움직이시면 안 돼요.

왜요?라고 수진은 물으려 했지만 "에어?" 하는 애매한 발음이 새어 나올 뿐이었다.

마취 덜 풀려서 지금은 괜찮은 것 같겠지만 곧 약 기운 가시면 움직이고 싶은 마음도 안 들 거예요. 너무 아파서. 괜히 지금 움직였다가 수술 부위 잘못될 수도 있으니까 일단 그냥 계세요. 곧 담당 선생님 오실 거예요. 혹시 너무 불편하다, 아니면 뭐가 급하다 싶으면 팔만 움직여서 호출 버튼 누르세요. 보이시죠? 오른쪽에 빨간 버튼.

수진은 고개를 끄덕이려다 잘되지 않는 것을 깨닫고 대답했다.

"에."

간호사의 말대로 곧 담당의가 젊은 의사들을 여럿 몰고 나타났다. 담당의는 수진뿐 아니라 다른 의사들에게까지 가르쳐주는 듯한 태도로 경과를 설명했다. 수술은 잘됐다. 하지만 수술 전에 미리 말씀드렸듯 복강과 골반강 내 공간 여유가 적어 마취가 풀리면 팽만감이 있고, 특히 개복 부위에 압박이 강하게 느껴질 거다. 그건 수술이 잘못되어서도 수진 씨 몸이 잘못되어서도 아니다. 가장 주된 원인은 인공 자궁이 비임신 상태의 자연 자궁보다 크기 때문이다. 보통 여성 신체의 자궁은 요만하다. 그런데 인공 자궁은 전에 사진하고 샘플로도 보셔서 아시겠지만 이만하다. 아무래도 현재 인공장기 소재 기술로는 자연 자궁의 팽창성을 따라잡기가 어려워 애초부터 조금 크게 만들어서 그렇다.

지나칠 정도로 자세한 의사의 설명을 들으며 수진은 입 안으로 혀를 풀었다. 실수 없이 질문하고 싶었다. 머리가 아직 덜 깼는지 어려운 말은 영 떠오르지 않아서 수진은 이렇게 말했다.

"아기는 언제 만들어요?"

의사들은 서로 눈길을 주고받고는 일제히 웃음을 터뜨렸다. 부끄럽진 않았으나 저도 모르게 우물가에서 숭늉 찾는 사람이 되어버렸음을 수진도 곧 알아차렸다. 담당의의 설명이 이어졌다.

모체의 경우 수술 부위가 아물고 인공 자궁 기능이 배아 이식 가능한 수준으로 안정되기까지 보통 3개월에서 6개월을 잡는다. 이식될 배아의 경우 배아가 태반을 갖추는 초기 단계에 해당하는, 수정 후 4주에서 6주가량의 상태가 적절하다. 회복 경과를 보아 빠르면 1개월, 늦으면 3개월에서 4개월 차 즈음 동의하에 수정란 준비 단계에 진입할 수 있다.

"저는 벌써 마음의 준비가 다 됐어요."

수진의 말에 또 의사들이 소리 내 웃었다.

마음의 준비는 이미 다 되어 있다는 것 잘 안다. 당분간은 회복에만 전념하시라. 담당의는 그렇게 말한 다음 젊은 의사 무리를 거느리고 회복실을 떠났다.

*

“그건 싫어요.”

하지만 수진은 결국 이렇게 말하고 말았다. 이식수술 3개월여가 지난 후 통원 상담을 받다가 한 말이다. 담당의는 당황한 기색이 역력했다. 참여자들 가운데에서도 임신과 출산 수행에 가장 적극적인 태도를 취해왔던 수진이 갑작스럽게 마음을 바꾸었다고 생각한 듯했다. 수진도 손에 땀을 쥐어가며 한 말이었다. 회복이 더디고 인공장기 적응성도 낮은 수진이 참여자로서 그나마 내세울 만한 장점은 순순한 태도 하나뿐이었기에. 이제라도 연구 실험 대상 부적격 판정이 떨어지면 어떡하나. 설마 이걸 도로 빼 가려나? 수진은 본능적으로 배를 감싸 안았다. 그 안에 아직 아무도 없다는 것을 누구보다도 잘 알면서.

김수진 님이 실험 참여 대상으로 선정된 건 물론 여러

요인을 다 따진 결과였지만 SRS 전에 본인의 정자를 냉동 보관해 뒀다고 답변한 게 꽤 비중이 컸다. 전혀 모르는 사람에게서 정자와 난자를 모두 공여받는 것보다는 그편이 정서적인 위화감도 적을 것이다. 의사의 설명은 그랬다.

"아뇨, 제 그걸 쓰면…… 제가 아이의 생물학적 아버지가 되잖아요."

이런 몸으로 이런 실험에 참여하는 자신이 생물학적 무엇을 운운하는 게 우습게 들릴지 모른다는 것을 수진은 의식했다. 그렇지만 수진에게도 심정적인 마지노선은 있었다.

"아예 피 한 방울 안 섞인 남의 걸 쓰는 게 차라리 낫지, 제 그거는 절대 안 쓰고 싶어요.

담당의는 막막한 눈치였다. 정자와 난자 둘 중 한쪽은 반드시 본인 또는 가족의 것을 써야 한다. 친연성과 이식 성사율 간 지표가 이 연구에서 중요한 부분 중 하나다. 정 꺼려지신다면 어머니나 여자 형제로부터 난자를 공여받아야 한다. 가능하시겠느냐. 정 꺼려지신다면 여자 형제로부터 난자를 공여받는 방법도 있는데 여자 형제가 없지 않느냐. 혹시 어머니 난자를 공여받는 건 가능하시겠느냐…….

엄마에게 이 이야기를 꺼내는 건 물론 쉬운 일이 아니었고, 당연히 엄마도 처음에는 난색을 표했다.

"생물학적, 생물학적 하는데 네가 낳은 아기가 생물학적으로는 네 동생도 되는 게 윤리적으로 더 이상하지 않겠니? 생물학적으로 그래도 네 자식인 게 낫지."

수진은 화를 내고 싶었지만 참았다.

"사람 몸에 인공 자궁 넣어서 아기도 낳는 시대에 무슨 생물학적 윤리?"

이미 똑같은 논리로 정자 사용을 거부했기에 수진은 엄마의 말이 무슨 의미인지 잘 알았지만 시침을 뗐다. 결국 엄마는 더 따지지 못하고 수진의 통원 상담에 동행했다. 날이 추웠다. 엄마는 자꾸 꾸물거리며 시간을 끌었다. 수진은 시간을 끄는 것 같다고 생각할 수밖에 없었다.

담당의는 엄마와 문답을 몇 번 주고받고는 별다른 검사도 없이 엄마가 난자 공여에 적합하지 않다고 선언했다.

"왜요?"

수진이 발끈하며 묻자 담당의는 조심스럽게 그러나 짧게 답했다.

어머니가 이미 폐경을 맞았기 때문에.

대단한 망신을 당한 듯해 수진은 인사도 건성으로 하고 병원을 뛰쳐나왔다. 뒤늦게 따라 나온 엄마를 보자 화가 치밀어 견딜 수가 없었다. 성큼성큼 앞서 걷는 수진을 엄마가 종종걸음으로 따라왔다.

"얘, 미안하다."

"뭐가?"

"몰랐어, 이제 생리는 안 해도…… 난자는 그냥 몸 안에 있는 거라서 줄 수 있는 줄 알았어."

엄마는 알아야지. 나는 자궁은 있어도 난자가 없어서, 생리를 안 해서 그런 거 하나도 모르지만, 생리해서 나를 낳았고 이제까지 평생 생리를 했을 엄마는 그런 거 다 알고 있었어야지. 왜 안 되는 걸 가지고 헛걸음을 하고 쓸데없는 희망을 품게 해, 사람 비참하게.

수진은 그런 말들을 뱉지도 삼키지도 못하고 엄마를 한참 쳐다보다 다시 앞서 걸었다. 수진을 따라잡기가 벅찬지 숨을 몰아쉬며 엄마가 계속 말을 걸어왔다.

"그냥 네 그거 쓰면 안 되니? 왜, 너 남자일 때 얼려둔 거……."

"내가 언제 남자였어?"

수진은 엄마 쪽으로는 눈길도 주지 않고 날을 세운 목소리로 말했다.

"나 남자 아니었어. 뭐가 달렸든 안 달렸든 나는 남자인 적 한 번도 없어. 엄마 말대로 내가 남자인 적이 있다고

쳐. 그때 남긴 걸로 자식을 만들면 내가 자식을 볼 때마다 뭐가 떠오를까? 사랑하는 자식을 볼 때마다 내가 그걸 매번 떠올려야 해? 내가 여자가 아니었다는 거?"

"수진아, 자식을 정말 사랑하면……."

엄마는 간신히 따라잡은 수진의 소맷부리를 겨우 붙들고 들릴락 말락 한 소리로 말했다.

"정말 사랑하면 그런 건 상관없어질 거야……."

수진은 엄마의 손을 뿌리쳤다. 엄마가 뭘 안다고 그래. 이런 삶에 대해서 엄마가 얼마나 안다고 그렇게 마음대로 말해.

손으로 두 귀를 막고 수진은 달리기 시작했다.

"엄마가 다 미안하다."

엄마는 따라오기를 포기했는지 뒤에서 목소리를 높였다.

"엄마가 너 원치 않는 몸으로 낳아서 미안하고…… 폐경이 벌써 와서 미안해."

길 가던 사람들이 수진과 엄마를 번갈아 흘깃거렸다. 아, 쪽팔려. 쪽팔려 죽겠어 진짜.

*

언니, 아주 불효의 아이콘이구나. 불효의 새로운 패러다임을 열어가고 있어.

수진이 엄마에 대한 불평을 늘어놓을 때마다 친구들은 다양한 수사를 동원해 핀잔을 주었다.

언니 어머니가 우리 엄마였으면 엄마 화장실 가고 싶다고만 해도 내가 업어다 드렸겠다. 아니 솔직히 언니네 어머니 같은 분이 또 어디 있어? 우리 같은 애들 둔 부모는 호적 파서 내쫓지만 않아도 양반이라 그러는데 내쫓기는커녕 수술비까지 대주셨다며. 양반이 뭐야, 왕이지 그 정도면. 나 같으면 어마마마라고 불렀겠다. 황송해서 엄마 앞에선 고개도 못 들었겠다. 그런데 뭐? 폐경인 줄도 모르고 난자 내놓으라고 행패를 부려?

알았어, 알았어, 알았다고.

난자 문제는 누가 봐도 제 잘못이라는 것을 인정하지 않을 수 없었지만 여전히 엄마한테 화를 낼 자격이 있다고 수진은 믿었다. 본인 성별에 맞는 몸을 찾으려 하는데 돕지는 못할망정 내쫓는 부모들이 잘못된 거잖아. 우리 엄마가 그 상황에 맞닥뜨린 다른 많은 부모보다 나은 선택을 했다고 해서 언제나 변함없이 좋은 엄마가 되는 건 아니잖아. 친구들은 이 사실을 잘 이해하지 못했다. 배부른 소리 하는 사람 취급을 받는 게 지겨워서 엄마 이야기는 더 꺼내기도 민망했다.

함께 병원에 다녀온 후 여러 주가 흘렀는데 수진은 그 일에 대해 엄마와 이야기한 적 없었다. 연락을 하지도 않았고 엄마에게서 오는 연락도 모조리 피했다. 어떤 날은 엄마가 미워서 연락하기 싫었고 어떤 날은 연락할 마음이 들기는 했으나 이미 늦은 시간이어서 곤란했다. 그렇게 차일피일 연락을 미루다 보니 엄마한테 물어보고 싶은 게 생겼을 때에도 선뜻 전화기를 들 수 없게 되었다.

엄마, 나 난자 공여받기로 했어.

가족이 난자를 공여할 수 있으면 확실히 좋았을 거라고 담당의는 말했다. 정자보다는 난자 공여가 더 드물고 순번도 느리게 돌기에 가까운 이에게서 받는 것이 결과적으로 가장 좋다고. 김수진 님이 친족 난자 말고 본인 정자를 쓰는 걸로 의사를 확정 지은 건 다행이지만, 그러면 이제 난자 공여 대기 순번에 이름을 올리고 6개월에서 1년가량 기다려야 할 것이라고 했다.

“그렇게나 오래 걸려요?”

지인에게서 공여받으면 시간을 훨씬 단축하겠지만 공여자가 난자 성장을 촉진하는 호르몬제를 투여해야 해서 선의만으로 공여해 줄 사람을 찾기는 어려웠다.

"한번 찾아보죠, 뭐."

말은 자신 있게 했지만 막막했다. 우선 친구가 많지 않은 게 문제였다. 대부분 수진처럼 SRS와 법적 성별 정정을 마친 30대 트랜스여성이었고 몇 안 되는 나머지도 그 과정을 한창 밟고 있거나 거의 마무리하는 중이었다. 그중에도 임신과 출산, 육아 같은 분야에 흥미를 가진 사람은 아마도 수진뿐이어서 대화하며 공감대를 형성하는 것조차 쉽지 않았다. 수진은 벤다이어그램을 그리고 난자를 공여할 수 있는 지인과 공여를 고려해 줄 만큼 가까운 이들의 이름을 떠오르는 대로 써보았다. 도형과 도형이 겹치는 부분에 들어갈 만한 사람은 엄마뿐이었다.

남몰래 돈이라도 주겠다고 하면서 회사 동료를 한번 회유해 볼까 고민하던 차에 극적으로 친구의 친구를 소개받았다. 듣기로는 레즈비언 부부라고 했는데 약속 장소에는 한 명이 나왔다.

"김수진 씨 맞으시죠?"

"아, 네, 그런데요……."

누가 봐도 남자 같은 사람이었다. 떨떠름하게 인사와 소개를 나누고 자리에 앉자 상대가 빠르게 사연을 설명했다.

"비수술 FTM이었어요. 지금은 논바이너리고요."

"그럼 디트랜지션 중이세요?"

"딱히 뭘 하고 있진 않아요. 임신 전에 호르몬 그만둔 게 전부예요."

"제 친구 말로는 레즈비언 커플이시라고……."

"와이프가 그분 친구고 저는 잘 몰라요. 몰라서 그렇게 말씀하신 것 같아요."

그러면 당신은 잘 알지도 못하는 사람한테 난자를 나눠주겠다고 왔단 말이야? 하는 생각이 들었지만 그걸 일깨우면 저만 손해일 것 같아서 수진은 잠자코 있었다.

"저희 부부도 정자 공여받아서 아이들 낳았으니까 한 번은 공여해서 빚을 갚아야 한다고 생각했어요. 그중에서도 수진 씨한테 드리는 건 트랜스젠더 재생산권에 기여한다는 의미도 있을 것 같았고."

"아이들이요?"

"네, 와이프랑 저랑 같이 임신했거든요."

자궁이 둘이어서 그런 것도 되는구나. 수진은 누구에게도 털어놓을 수 없을 은밀한 질투를 품었고 이내 그에 대한 부끄러움도 느꼈다. 상대는 아무렇지 않은 눈치로 말을 이었다.

“공여 자체야 뭐, 우리 다 알잖아요. 자기 손으로 호르몬 주사 놓는 기분 같은 거. 그건 별문제가 안 되는데, 그래도 수진 씨가 어떤 분인지는 알아야 마음 편히 공여할 것 같아서 한번 뵙자고 했어요.”

맞아. 자기 손으로 피하 잡아서 호르몬 주사 놓는 거 어떤 기분인지 알지, 너무 잘 알지. 짧은 머리와 각진 골격, 큰 키를 보고 잠깐이나마 아, 이 사람이 나한테 난자를 준다고? 하며 의구심을 느낀 것이 미안해졌다. 친구 중에 FTM도, 여성을 사랑하는 이도 없어서 이 사람과는 공감대가 전혀 없겠다고 생각했는데 그것도 착각이었구나.

수진은 엄마가 되고 싶었던 어린 시절부터 지금까지 여러 수술을 거쳐 난자 공여가 필요해진 사연까지 상세히 털어놓았다. 그에 대해서라면 부끄러운 것이 없어서 숨길 일도 없었다. 귀 기울여 듣던 상대가 끼어든 건 수진이 엄마에게 화를 낸 지점에서였다.

“본인 정자를 이용하는 게 왜 싫으셨다고요?”

“그러면 제가 엄마가 아니라 아빠가 되는 거잖아요, 생물학적으로.”

그 말을 들은 상대가 갑자기 생각이 많아진 눈치여서 수진은 불안하고 신경이 쓰였다. 이게 걸려서 난자 공여를 못 하겠다면 어쩌지? 자기도 해봤으면서 그게 왜 이해가 안 되지?

"음…… 저랑 제 와이프는 같은 공여자에게서 정자를 받았는데요."

상대는 한참 고심한 것치고는 싱거운 말을 했다. 말을 돌리려는 기색으로 받아들인 수진은 얼른 맞장구를 쳤다.

"제 생각엔 그것도 좋은 것 같아요. 아이들끼리 피가 이어져 있으니까 가족이 서로 연결되는 거잖아요. 아이들을 통해서."

"생물학적인 관점에서 보면 낯모르는 아버지가 있는 배다른 남매죠. 생물학적인 관점도 되고, 전통적인 관점도 되고."

"근데 사실 그게 아니잖아요."

"그러니까요. 우리 가족한테 정자 공여자는 공여자 이상도 이하도 아니에요. 그 사람을 아이들 아빠로 생각하고 싶어 하는 사람은 아무도 없어요. 아마 공여자 본인도 그럴 거고요."

그런데 그런 얘기를 왜 저한테? 수진은 묻고 싶었지만

잠자코 있었다.

"아이를 만들고 낳고 기르는 문제는 아직까진 엄청나게 정상 규범에 가까운 일인데 우리 같은 사람들은 거기서 뛰쳐나온 지가 한참이잖아요. 그래서 헷갈리는 것도 당연하겠지만요, 생물학적으로나 전통적으로 누가 아이 엄마고 아빠고 같은 건 중요하지 않다고 생각해요. 그렇게 따지면 입양부터가 말이 안 되는 거고."

이 사람, 약간…… 나를 가르치려고 하는구나.

그의 말이 옳다고 수진은 생각했다. 옥신각신하다가 결국은 본인 정자를 사용하게 된 터여서 계속 무거웠던 마음이 그 말에 조금 밝아진 것도 인정해야 했다. 그렇지만 어쩐지 순순히 듣고만 있기는 조금 억울했다. 나라고 꽉 막히고 생각이 없어서 그런 고집을 피웠던 건 아닌데.

"저도 궁금한 거 여쭤봐도 될까요? 별건 아닌데……."

"뭐든 물어보세요. 제가 먼저 아이를 낳았으니까 난자 공여 말고도 알려드릴 만한 게 많을 거예요."

"좀 이상한 질문 같은데 아이들이 엄마라고 부르나요, 아빠라고 부르나요?"

상대는 크게 웃었다.

"마침 둘 다 이제 입이 트이기 시작했어요. 지금은 저랑 와이프 둘 다 엄마라고 불러요. 아빠보단 엄마가 발음이 쉬워서겠죠. 저는 어느 쪽도 그렇게 선호하진 않아요. 좀 더 자라면 이름으로 부르는 게 어떤지 제안해 보려고요."

확실히 이 사람보다는 내가 훨씬 유교적이고 봉건적이구나. 수진은 새삼 생각하면서 따라 웃었다.

*

착상 단계에서 의료진은 '유도' 표현을 자주 썼다. 질에 긴 관을 삽입해서 자궁 경부를 확장하고 배아를 투입할 것이다. 안정적인 착상을 유도하는 호르몬제가 함께 들어가고, 그 전에 우선 자궁 내 환경이 착상에 적합해지도록 유도하는 약제를 배에 직접 주사할 것이다. 개복수술에 비하면 별것 아니지만 마취 없는 과정이어서 꽤 아플 것이다.

유도. 수진은 눈을 감고 손을 뻗고 박수 소리를 따라 앞으로 나아가는 술래를 떠올렸다. 인식한 표적을 따라 움직이는 미사일의 이미지도. 아직은 인간이 아니어서 어떤 감각도 갖추지 못했을 배아에게 길을 알려주려면 이런저런 과정이 필요하구나.

이 단계가 가장 중요하고 어렵다고 담당의가 강조했다.

인공적으로 조성된 착상 환경에 배아가 거부감을 느끼면 출혈과 조직 탈락이 일어날 거라고. 수진과 함께 실험에 참여한 이들 중 절반에게서 그런 사례가 나타났다고. 표현이 무서워서 겁을 집어먹은 수진이 심각한 거냐고 묻자 담당의는 웃지도 않고 말했다. 굉장히 비싼 생리라고 생각하시면 됩니다.

삽관으로 배아를 주입한 후 사흘에 한 번꼴로 초음파검사를 받았다. 세 번째 촬영에서 착상 성공이 선언되었다. 배아와 태반이 성장하고 있다고. 이날 수진은 산모 수첩과 배지, 키링을 받았다. 수진은 배지와 키링을 옷과 가방에 달까 말까 수백 번 고민하다가 모두 주머니에 그냥 넣었다. 너무 자랑스러웠지만 꼭 그만큼 두렵기도 했다. 예상할 수 없는 위험들로부터 아이를 보호하려면 아이를 드러내지 않는 게 오히려 나을 것 같았다.

오래 지나지 않아 수진은 처음으로 담당의가 뭘 모르는 사람이라는 생각을 했다. 착상이 가장 어렵고 중요한 단계라고? 의사한테나 그렇겠지. 산모인 수진에게 어려움은 이제 막 걸음마를 뗀 참이었다.

입덧이 시작되었다.

수진은 체구에 비해 먹성이 좋은 편이었다. 뒤집어 말

하면 아무리 먹어도 살이 안 찌는 게 수진의 고민이었는데 가뜩이나 마른 수진이 밥까지 잘 먹지 못하게 되자 병원에서도 난처해했다. 민간요법에서는 입덧이 평소 식습관과 반대로 나타난다고도 하던데 어떻게 좀 안 되겠냐. 수진은 안 그래도…… 하려다 입을 다물었다. 어떻게 알았지? 채식 위주로 식습관을 꾸려온 지가 10년이 다 되어가는 마당에 생전 거들떠도 안 보던 순대 생각이 그렇게 간절했다. 초음파검사 도중 의료진 하나가 아기가 좀 작네 하고 중얼거렸다. 그 말만큼은 도무지 흘려들을 수가 없었다.

5000원, 아니다 만 원어치 싸 주세요. 그 꼬다리 썰지 말고 그대로 저 줘보세요. 포장마차 떡볶이집에서 선 채로 반 뼘 길이 순대를 입에 욱여넣고 집에 가서도 산더미 같은 순대를 먹었는데 구토를 안 했다. 입덧이 시작되고 거의 2주 만에 처음으로 전혀 토하지 않고 뭔가를 끝까지 먹었다. 그 뒤로는 거짓말같이 입덧이 가라앉았다.

배가 눈에 띄게 부풀면서부터 수진은 다시 운전을 시작했다. 워낙 걷는 것을 좋아하고 마른 것치고 체력도 좋아 차를 두고 잘 돌아다니던 수진이었다. 하도 차를 안 몰아서 마음먹고 시동을 걸 때마다 보험사에 배터리 점프를 요청해야 할 정도였는데 이식 4개월, 태아 기준 5개월이 넘어가면서는 맨몸으로 혼자 다니기 불안해졌다. 병원에서도 인공 자궁이 아무래도 자연 자궁에 비하면 유기적인 연결이 불완전하니 조심 또 조심하라고 했다.

생각보다 훨씬 더 많이 내가 살아온 방식을 바꿔야 하는구나. 엄마가 되려면.

병원 다녀오는 길에 룸미러를 멍하니 들여다보며 마침 그런 생각을 하고 있을 때 뒤차가 그대로 수진의 차를 들이받았다. 신호가 파란불로 바뀐 줄 모르고 몇 초 정차한 참에 벌어진 일이었다. 그리 강한 충돌은 아니었는데 그 순간 수진은 제 배와 몸이 따로 움직이는 듯한 느낌을 받았다.

어렵사리 운전대와 좌석 사이를 비집고 밖으로 나오자 뒤차 운전자가 임신을 했으면 집에 처자빠져 있을 것이지 왜 나와서 차량 통행을 방해하느냐며 길길이 뛰었다. 수진의 머릿속이 새하얘졌고 단 한 가지 생각만 맴돌았다. 내가 남자였어도 저 새끼가 나한테 저랬을까. 그와 함께 말로 다 할 수 없는 통증이 배로 뭉쳤다. 온몸에 벌레가 기어오르고 그 벌레들이 일제히 순식간에 배로 몰려들어 찌르고 뜯는 것처럼 아팠다. 수진이 자리에 주저앉을 때에도 뒤차 운전자는 저년이 보험사를 속이려고 생쇼를 한다고 소리를 질렀다. 보험사, 그래 보험사. 그런데 보험사 번호가 어떻게 되지. 내가 저장을 해둔 적이 있던가.

수진은 보험사 대신 엄마를 불렀다. 엄마는 보험사 번호를 찾아 전화를 걸어주고 보험사 사람이 오기 전에 뒤차 운전자의 멱살을 잡았다. 수진을 택시에 태워 병원에 데려가 주었다. 가는 길 내내 우는 수진을 엄마가 안고 있었다.

병원에서는 산모가 충격을 받을 경우에 그럴 수 있다고, 오늘은 다행히 아기에게 별 탈이 없지만 안정을 취해야 한다고 했다. 수진은 아주 오랜만에 엄마 집에 갔다. 엄마가 씻겨주고 밥을 차려주고 침대에 눕혀주어서 몇 달 만에 대단한 호사를 누렸다. 엄마는 수진의 발이 많이 부었다며 로션을 발라 주물러 줬다. 침대에서 나는 엄마 냄새 때문에 반쯤은 졸며 수진은 생각했다. 엄마 머리 많이 세었네.

"엄마."

"응?"

"입덧할 때 뭐 먹었어?"

"너 가졌을 때?"

"응."

"순대 먹었어."

"순대?"

"응."

"엄마 순대 안 좋아하잖아."

"안 좋아하지."

"근데 순대?"

"그래, 순대. 순대를 아주 양신 먹었어. 쌀을 씻다가도 물비린내 나서 토하고 나물을 먹어도 흙 비린내 나서 토했는데 줘도 안 먹던 순대가 그렇게 생각이 나더라고. 시장에서 파는 당면 순대 한 세 근쯤은 먹었을 거야, 엄마가. 그거 먹고 입덧 싹 물렸어."

수진의 눈에 눈물이 핑 돌았다. 이런 게 닮는구나. 어디 정확하게 프로그래밍된 것처럼 닮는구나, 나 같은 것도 딸이라고.

"너 입덧했니?"

"응."

"왜 엄마한테 말 안 했어? 엄마 반찬 싸다 줬을 텐데."

"몰라."

수진은 퉁명스레 대꾸했다. 엄마는 영문 모르고 수진의 발을 어루만지다가 나직이 말했다.

"엄마가 몇 달 전에 뱀 꿈을 꿨어."

"뱀?"

"뱀 꿈은 그냥 꿔도 길몽인데 시기가 시기다 보니까 아무래도 태몽 같아서."

"무슨 태몽? 징그럽게. 다른 거 좋은 꿈 좀 꿔주지."

"아니야, 정말 좋은 꿈이야. 뱀은 허물을 벗잖아. 허물을 벗으면서 큰단 말이야, 그건. 어떻게 보면 자기 자신을 찢고 나오는 거고, 자기가 자기를 낳는 거란 말이야."

수진은 잠에 들락 말락 눈을 감은 채로 심드렁하게 대꾸했다. 그래서? 엄마는 수진의 발을 모아서 감싸 쥐었다.

"뱀처럼 생명력이 대단한 걸 태몽으로 꿨으니 아기가 아주 튼튼할 거야."

그랬으면 좋겠다.

그 말을 소리 내서 했는지 속으로 생각만 했는지 모르고 잠이 들려던 차에 배 속에서 아기가 움직였다. 수진의 눈이 반짝 뜨였다.

"움직인다."

"정말? 어머, 어머. 정말."

주어도 없는 말토막을 엄마는 귀신같이 알아듣고 수진의 배에 손을 얹었다. 아기는 계속해서 신호를 보내왔다. 움직임을 보니 정말이지 튼튼한 아이인 것 같았다.

*

긍정적인 면이 없지는 않았다. 가령 출산 예정 또는 장려일 2주 이내의 날짜 가운데 하나를 생일로 지정할 수 있다는 건 인공 자궁 임신 과정에서 몇 안 되는 장점 중 하나였다. 그런데 아이는 예상보다 빨리 나올 수도 늦게 나올 수도 있어서 일자 지정에도 큰 의미가 없었고, 지정일 사흘 전에 입원해서 컨디션을 안정시키고 자궁 수축을 유도하는 호르몬제를 링거로 투입해야 했다. 수진의 내분비계는 그런 호르몬을 스스로 만들어내지 못하니까. 출산 시 통증 대부분은 자궁 수축에서 오는 고통이고, 수진은 어차피 절개술로 출산할 예정이어서 수축 유도가 불필요한 과정으로 생각될지도 모르겠지만 태아가 자궁 수축이 일어나야만 나갈 때가 되었음을 알 수 있다고 했다. 그러니까 산모가 고통받아야 깨어나는 거라고. 다른 산모들처럼 무통 주사라는 것을 놔주기는 하겠지만 그게…… 사람마다 효과가 다르다는 사실에 대해서도 담당의가 설명해 주었다.

팔에는 자궁수축제 링거가, 요추 부위에 무통 주사 링거가 연결되었다. 수축제 농도가 점점 올라가면서 통증 강도와 빈도가 높아질 텐데 견딜 수 없어지면 무통 주사 링거에 연결된 버튼을 누르라고 했다. 진통제가 추가되는 버튼을. 진통제가 너무 많이 추가되면 어떡하나 걱정하자 그럴 일은 절대 없다고 했다. 전신마취가 아니라 척수마취인 이유를 생각해 보라고. 진통 간격을 파악해야 분만 시점을 정할 수 있고, 진통 간격을 파악하려면 산모의 의식도 유지하고 통증을 느낄 수도 있어야 하므로 마취제는 매우 소량만 섬세하게 투여해야 한다고.

"그럼 아파야만 아이를 낳을 수 있다는 말이에요? 그게 왜 무통이에요?"

담당의는 바쁜 척 대답을 얼버무리고 자리를 떴다. 이미 자궁 수축이, 그러니까 진통이 시작된 터였다. 수진은 견딜 만한 통증이라 생각하면서도 시험 삼아 무통 주사 버튼을 눌렀다. 크게 달라지는 것 같지는 않았다. 이 정도면 생리통 심한 사람의 생리통과 비슷하려나. 몸 곳곳에 꽂은 링거 때문에 태아처럼 몸을 웅송그리고 누운 수진은 크게 부풀어 손대기가 쉽지 않은 아랫배를 어루만지며 한 번도 겪어본 적 없는 생리통을 상상했다. 다음 순간 녹슨 칼이 배 속에서 골반 앞부분을 째고 나오려는 듯한 격통이 느껴졌다. 아찔했다. 죽는 순간에는 온갖 기억이 주마등처럼 눈앞을 스친다더니, 과연 죽을 만큼 아파서 이 임신에 얽힌 모든 장면이 빠르게 뇌리를 지나치는 것 같았고 그 모든 순간 순간을 빠짐없이 후회했다. 통증이 물러가자 머쓱해졌고, 아이에게도 미안한 마음이 생겼다. 후회해서 미안해. 너 낳기도 전부터 너 낳기로 한 거 후회해서.

문득 한 아이를 키우는 데에는 한 마을이 필요하다는 속담이 떠올랐다. 아이를 만들고 낳는 데에도 어쩌면 그런 게 필요한지 모르겠다는 생각도 들었다. 있잖아, 보통 아이들은 엄마와 아빠 둘이서 만드는데 말이지. 너를 만드는 데에는 수 세기에 달하는 시간에 걸쳐 누적된 의료 지식과 수백 수천억대의 자본과 엄마와 엄마의 엄마와 엄마 친구들의 노력이 들어갔어. 너는 세상에서 가장 특별한 아이야. 괜히 기분 좋으라고 하는 소리가 아니라 진짜로 그래서 그렇다고 하는 거야. 잠깐이지만 그런 너를 가진 걸 후회해서…… 미친 진짜 너무 아파서 쌍욕이 막 자동으로 나오네.

무엇보다 끔찍한 점은 분만 시점이 다가올수록 통증 간격은 짧아지고 통증 시간은 길어질 거라는 사실이었다. 수축제 투여 시간은 36h로 적혀 있었다. 서른여섯 시간……. 아가, 지금 당장 나오면 뭐든지 해줄게. 동생 낳아달라는 말만 빼고 뭐든 들어줄게. 입원 전날 밤부터 금식했는데 앞으로 서른여섯 시간쯤 더 굶어가며 고통받아야 한다니 생각만 해도 하늘이 노래지는 것 같았다.

수진이 찔끔찔끔 눈물을 흘리자 엄마가 물수건으로 눈과 이마를 닦아주었다.

"아플 때 엄마 손 잡아."

엄마는 손 하나를 수진에게 내준 채로 절개 수술 동의서 보호자 칸에 이름을 쓰고 서명했다. 엄마는 사인이 따로 없는데 하고 중얼거리며 성명 칸과 서명 칸에 똑같은 이름을 또박또박 두 번 썼다. 중간에 수진이 비명을 지르며 왼손을 으스러지도록 꽉 잡았는데도 한 획도 비뚤게 쓰지 않았다.

*

모든 임신이 이렇게 끝나지는 않는다. 분만 시간이 길어져 산모와 아이가 함께 중태에 빠지기도 하고, 울음을 터뜨리고 숨을 쉬어야 할 아이가 숨쉬기를 잊은 채 그대로 떠나버리기도 한다. 산모와 아이 둘 중 하나를 택해야 하는 상황이 가족들에게 주어질 때도 있다.

수진의 아이는 그렇지 않았다. 긴 산통으로 수진을 고생시켰으나 건강하게 태어났다. 탄생 과정에 동원되었던 시간적, 물적, 인적 자원들에 비하면 소박하다 싶을 만큼이나 평범한 아기였다. 갓 태어나 그렇겠지만 솔직히 수진이 보기에도 예쁜 아기는 아닌 듯했고, 공평하게 평가해서 딱히 못생긴 아기 역시 아닌 것 같았다.

땀과 눈물과 침과 콧물로 범벅이 되고 흘러내린 머리카락이 엉망으로 달라붙은 얼굴 가까이에 아기가 다가오자 수진은 또 왈칵 울음을 터뜨렸다. 아기가 큰 소리로 울었다. 살아 있음을 증명하듯, 선언하듯 울고 있었다.

"젖…… 젖을 줘야 하나요?"

수진이 실없이 묻자 간호사가 고개를 저었다. 간호사는 침대 각도를 조절해 수진을 일으키고 수진의 팔을 열어 아기를 안겨주었다. 팔다리에 힘이 하나도 없었지만 행여나 놓칠세라 수진은 조심스레 아기를 받았다. 아기를 안고 보니 눈물이 멎었다. 어떻게 이렇게 작고 살아 있지. 내가 사람을 낳다니. 몇 달간 내 밥을 나눠 먹고 내 잠을 나눠 자면서 사람이 된 존재가 있다니. 너무 신기하고 이상하다.

수진의 눈에는 아기가 가장 먼저 들어왔지만 아기를 품에 받아 들자 침대 발치에 서 있는 엄마도 보였다.

엄마, 애 좀 봐, 엄청 작지. 동의를 구하듯 수진이 엄마를 향해 미소 지었다. 입꼬리에마저 기운이 없어 잘 웃어지지 않았다. 엄마도 웃지 않았다. 엄마는 울고 있었다.

왜 울어? 나 살아 있고 애도 무사한데 왜 울고 그래. 엄마는 하염없이 눈물을 흘리다가 어렵사리 한마디 했다.

"고생했어, 우리 딸."

수진은 엄마가 참 뻔한 소리를 한다고 생각하면서 울음을 터뜨렸다.

나, 나, 마들렌

나는 목이 잘려 죽는다. 언젠가. 오늘은 아닌 미래에. 멀거나 머지않은 미래에. 그렇게 믿는다는 말은 언제나 부족한 느낌이 든다. 나는 이 사실을 '안다'고 말할 수 있을 만큼 확실하게 감각한다. 마치 이미 나 자신이 목 잘려 죽는 걸 목격한 적 있는 것처럼. 다른 방법으로는 절대로 죽지 않을 것처럼.

또 그 꿈 꿨어

라고 말하려고 했다. 잠에서 막 깨어나 머리가 목에 잘 붙어 있다는 게, 그래서 목소리가 목을 지나 입으로 새어 나갈 수 있다는 게 어색하게 느껴졌다. 나는 목 잘리는 꿈을 자주 꾼다. 높은 곳에서 추락하는 꿈을 꾸면 키가 큰다지. 나는 어릴 때부터 참수몽을 꿨다. 목이 잘리면 키가 컸다. 성장이 멈춘 후에도 수백 번 머리를 잃었다. 마들렌은 내가 이런 꿈을 꾸는 사람이라는 사실을 좋아한다. 그다지 특이하지도 눈에 띄지도 않는 내가 꿈만은 조금 색다른 걸 꾼다고 생각하는 것 같다. 그래서 말해주려고 했는데. 잠이 덜 깬 머리는 간신히 마들렌이 집에 없다는 사실을 기억해 냈다. 마들렌은 교대역 근처 친구네 집에 하루 신세를 지기로 했다. 아침 일찍 변호사 사무실에 갈 예정이었다.

차츰 머리가 맑아지면서 다음과 같은 생각이 들었다: 그럼, 지금, 내 팔에 닿아 있는 이 미지근한 건, 누구 살이지…….

전날 밤 나는 분명 혼자 누웠다. 무척 피곤했기에 맑은 정신으로 누웠다고 할 수는 없지만 술은 한 방울도 마시지 않았다. 내겐 실수를 저지를 만큼 가까우면서 물리적으로도 가까이에 사는 지인이 없다. 모르는 사람에게 먼저 말을 건넬 만한 담력도 없다. 혹시 마들렌이 마음을 바꾸어 돌아와 자고 있는 것이 아니라면 옆에 누운 사람은.

상대방이 깰까 봐 조심스럽게 고개를 돌린 나는 나와 동시에 같은 속도로 내 쪽을 쳐다본 사람과 눈이 마주쳤다. 거울을 보듯이. 거울을 향해 돌아눕듯이.

악 소리를 지를 뻔했을 때 상대방의 손이 내 입을 틀어막았다. 동시에 나도 상대방의 입을 막았다. 나는 눈을 크게 떴다. 그쪽도 나와 똑같은 크기로 눈을 키웠다. 내가 옆 사람 입에 대고 있던 손을 가져오자 내 입도 자유를 되찾았다. 나는 자유로워진 입으로 누구세요 묻는 대신 되찾아온 손으로 뺨을 힘껏 내리쳤다. 꿈이 아님을 확인하는 게 우선이기 때문이다.

내 곁에 누워 있는 낯선 사람은 다름 아닌 나였다.

나와 똑같이 생긴 얼굴을 나와 똑같은 손으로 후려친 다음 아파하면서, 동시에 나처럼 놀라고 불안해하면서 나를 보고 있는 나의 존재가 꿈이 아니었다.

문학이 위대한 이유는 아무리 형설하기 어려운 사건이라도 이미 그것을 상상한 누군가가 존재한다는 점에 있을 것이다. 그게 유일한 이유는 아닐지라도, 또 정확히 이런 상황을 예견한 건 아닐지라도. 프란츠 카프카식으로 말하기: 어느 날 아침 목 잘리는 꿈에서 깨어난 나는 자신이 침대에서 두 개의 몸으로 분화한 것을 알아차렸다. 마르셀 에메 인용하기: 그녀는 동시에 도처에 공재 가능했다. 즉 그녀는 자기 자신을 여럿으로 불어나게 할 수 있으며 원하는 장소마다 동시에 존재할 수 있었다. 육체뿐 아니라 정신까지도.

나와 나는 동시에 천장을 올려다보는 평평한 자세로 누웠다. 대화는 필요하지 않았고 소용도 없었다. 나와 나는 둘

다 이게 어떻게 된 일인지를 알지 못했고 알고 싶었다. 조금이나마 다행스러운 점은 이런 일이 생긴 지금 마들렌은 집에 없다는 것. 나와 나는 똑같이 그렇게 생각했고 똑같이 고개를 끄덕였다. 맞은편의 나는 내가 무슨 생각을 하는지 정확히 알았고 완전히 일치하는 반응을 동시에 했으며 따라서 그게 생김새만 닮은 타인이라 의심할 여지는 없었다. 나는 나였고 나도 나였다. 나는 맞은편의 내가 스스로를 원본이라 여기는 듯한 기색이 불쾌했고, 그쪽 나도 이쪽 나에 대해 같은 감정을 느낀다는 사실을 똑똑히 알 수 있었다.

우리—는 복수의 1인칭이므로 나와 나의 집합에도 적용할 수 있을 것이다—둘은 일어나기로 했다. 무언의 합의를 통해 우리는 소모적인 감정 다툼, 예를 들어 어느 쪽이 원본인지나 이런 현상이 왜 일어났는가에 대한 책임 소재 따지기 등을 생략하고 일단 할 수 있는 일과 해야 하는 일들을 우선하기로 했다. 관점에 따라서는 마침 잘됐다고 볼 수도 있었다. 나에게는 당장 가야 할 곳이 두 군데 있었고, 몸이 둘이 아니고서는 둘 중 하나를 포기해야 했다.

내가 출근을 할게. 너는 법원에 가.

동시에 말한 후에 우리는 둘 다 놀랐다. 내가 이렇게나 자진해서 출근하고 싶어 하는 사람인 줄은 몰랐으니까. 할 수 없지, 그럼 법원에는 내가 갈게. 내가 말했고 나는 고개를 끄덕였다. 어차피 둘 다 나인데 둘 중 누가 더 껄끄러운 곳에 갈지를 두고 아웅다웅하는 건 조금도 의미가 없었고, 우리 둘 다 이런 상황이 처음임에도 그 사실을 잘 인지하고 있었다. 알았어, 수고해. 빠르고 원만한 합의에 도달한 우리는 차례대로 씻고 옷을 입었다. 정장을 옷장 어디에 두었는지 내가 따로 귀띔하지 않았는데도 나는 알아서 잘 찾아 입고 나갔다. 공판 방청을 하려면 9시 30분까지 법원에 가야 했다.

마들렌은 나의 과자 친구. 나는 마들렌의 감자 친구. 어느 날 마들렌은 이제부터 여자 친구 대신 과자 친구라 불러달라고 말했고, 자기도 나를 여자 친구 대신 감자 친구라 부르겠다고 선언했다. 자기는 왜 귀엽게 과자 친구고 나는 왜 텁텁하게 감자 친구인가? 나는 듣자마자 느낀 불만을 토로하는 대신 알았다고 했다. 왜냐하면 우리 엄마가 제과 공장에 다니고 너는 강원도 출신이니까. 물어보지 않았지만 마들렌은 이유를 알려주었고 물론 나는 그에 대해서도 불만을 품었다. 우리 집은 농사 안 짓는데? 굳이 마들렌에게 그걸 상기시키지는 않았지만.

과자 친구로도 여자 친구로도 마들렌은 나의 첫 번째다. 종종 나는 아무래도 양성애자 같다고 떠들고 다니긴 했지만 실제로 여자와 사귀어본 것은 서른을 갓 넘어서가 처음이었다. 반면 나보다 네 살이나 아래인 마들렌은 같이 살아본 여자 중에서도 내가 세 번째라고 했다. 여자끼리 사귀면 사귄 지 얼마 되지 않아도 같이 사는 게 자연스럽다는 게 마들렌의 주장이었다. 그러고 보면 구두로 같이 살기로 한 적은 없는데 언젠가부터 마들렌이 집에 가지 않기 시작했고, 마들렌의 짐이 우리 집에 차곡차곡 쌓이더니, 엄벙덤벙 함께 사는 것이 기정사실화되었다. 나는 혼자 있을 시간이 필요하니 돌아가 달라고 말할 만큼 모질지 못했고, 본인이 인정했으니까 말이지만 마들렌은 아무래도 염치가 좀 없는 편이었다. 그래도 그래서 귀엽지? 하고 마들렌이 물을 때 아니라고 말할 수 없었다. 마들렌은 정말 귀여운 과자 친구니까.

나와 마들렌은 소설 창작 수업에서 처음 만났다. 우리 둘 다 무척 좋아하는 소설가가 지방대학 강사직을 그만두고 서울로 올라와 오랜만에 다시 연 사설 강의였다. 선착순으로 수강생 여덟 명을 받는 수업에 열일곱 명이 몰려들었다. 나를 비롯해 운 좋게 커트라인에 든 수강생 여덟 명이

모인 첫 주 강의에서 소설가는 이런 말을 했다: 진지하게 소설 쓸 사람만 남았으면 좋겠습니다. 요즘 인스타 작가, 웹소설 작가 잘나간단 얘기만 듣고 나도 투잡 한번 해볼까 하는 분들은 제 강의가 맞지 않을 거예요. 스스로에게 질문해 보세요. 나는 과연 치열하게 쓰고 냉정하게 고칠 수 있는 사람인가? 소설가의 말이 마음을 움직여서든 재수가 없다고 생각해서든 두 명이 수강료를 환불받아 갔고 두 번째 주에는 예비 순번을 받아둔 새로운 수강생 두 명이 들어왔다. 그중 한 사람이 바로 마들렌이었다.

나 언니네 집에 가면 안 돼요?

마지막 12주 차 강의가 끝나던 날에는 뒤풀이가 있었다. 2차로 옮긴 술자리 중간쯤 토할 것 같다는 마들렌을 화장실로 데려다주었더니 마들렌이 말했다. 한참 토하고 나와서 입을 헹군 다음 창백하고 물에 젖어 애처로운 얼굴로. 그렇게 시작했으므로 나는 내가 마들렌의 감자 친구가 되지 않을 수도 있었을 여러 가지 경우의 수를 자주 상상했다. 마들렌을 화장실까지 부축해 준 사람이 내가 아니었다면, 2차 호프집으로 자리를 옮길 때 내가 마들렌의 옆자리에 앉지 않았더라면, 1차 끝나고 적당히 인사한 다음 빠져나오려던 결심을 실천에 옮겼더라면.

그랬다면 법원에 올 일도 없었을까?

정문에서부터 이를 악물고 달려 법원 본관인가 하는 건물에 도착했을 때는 정확히 30분으로부터 몇 초가량이 지나 있었다. 마들렌이 말한 시간보다 조금 늦어서, 또 생각보다 사람이 많아서 이중으로 마음 졸이며 일행으로 추정되는 사람들을 찾아다녔다. 이쪽이야 이쪽. 잠시 헤매다 나를 향해 손 흔드는 마들렌을 발견했다. 마들렌의 변호사는 내 또래로 보였고 나머지 일행 셋은 나보다 조금 어린 듯했다. 여기 있는 이 사람들이 전부 방청객이야? 다른 사건 때문에 왔을 거예요, 큰 사건은 방청을 원하는 사람이 많아서 추첨으로 방청권을 배부하거든요. 변호사가 대답했다. 우리 사건은 크지도 중요하지도 않다는 거네. 일행 중 하나가 말했다. 시무룩해진 마들렌에게는 미안하지만 터무니없는 자의식을 가진 사람이나 할 수 있는 말이라는 생각이 들었다. '우리' 사건이 우리와 상관없는 사람들에게까지 중요해야 한다고 생각하는 건가, 진심으로? 중요한 건 이기는 거죠. 변호사는 웃으면서 말했고 나는 그 말이 옳다 생각했다. 이길 수 있는 사건인지 나는 잘 모르지만.

그즈음 출근을 선택한 나는 사표를 쓸 마음을 먹고 있

었다.

출근 태그를 찍으면서까지는 오늘 연차를 쓰지 않아도 되어서 정말 다행이라고 생각했다. 연차를 쓰기에는 너무 바쁜 시기였고, 물론 바쁘든 말든 회사를 빠질 구실은 언제나 좋은 것이지만 과자 친구의 재판은 좋은 일도 아니고 연차 사유로 적절하지도 못했다. 무슨 회사가 그래? 개인 사유라고 쓰면 되잖아. 마들렌은 섭섭해했고 나는 난처했다. 회사 다녀보면 안 그래, 사유란에는 그렇게 쓴다 쳐도 제출할 때 꼭 무슨 일인지 꼬치꼬치 물어본단 말이야.

그럼 거짓말하면 되잖아.

나 거짓말 못 하는 거 알잖아.

조금도 못 해? 그냥 친구 재판 방청이라고 해, 과자 친구 재판이 아니라.

세상에 누가 그냥 친구 때문에 회사를 빠져.

솔직히 말해서 나는 그냥 연차를 쓰고 싶지 않았다. 나는 과도하게 남의 눈치를 보는 사람이라는 것이 회사 사람들의 중평이었고 그건 사실이었다.

마음이 상할 대로 상한 마들렌은 오든지 말든지 맘대로 하라고, 자기는 재판 전날 친구네 집에서 자겠다고 했다. 연차를 쓸 것인가 말 것인가에 대한 갈등은 재판 전날까지 줄

곧 이어졌고, 밤 11시가 넘어서야 파주에서 서울로 나오는 차에 몸을 실은 채 나는 어떤 각오를 마음에 새기고 있었다. 이 일을 계기로 마들렌이 나와 헤어진다고 하더라도 나는 내일 연차를 쓸 수 없겠다. 쓰고 싶지 않았을 뿐 아니라 쓸 수 없는 상황이었다. 마들렌이 그걸 이해하지 못하는 건 내 잘못이 아니었다.

재판 전날 나는 회사에서 에어캡 봉투 1000장에 택배 송장 스티커 1000장을 붙이고 거기에 책 1000권을 담았다. 물론 정규 근무시간 이후고 우리 회사는 야근 수당을 따로 쳐주지 않는다. 너무 영세해서. 영세한 우리 회사는 일전에 20대 여성 독자들이 좋아할 만한 기획 도서를 크라우드 펀딩으로 내서 꽤 재미를 본 이후 자꾸 비슷한 방법으로 책을 팔려고 들었다. 예약판매 방식으로 1쇄 물량을 한 방에 소화해 이득을 보는 사람은 따로 있었지만 그 물류를 관리하고 발송하는 건 당연히 직급이 낮은 편집자와 마케터의 몫이었다. 이번에는 내 차례였다. 우리 출판사 같은 곳은 거들떠도 보지 않을 듯했던 스타 작가가 사장의 친구라 원고도 주고 친필 사인도 1000부나 해주었고, 나는 그 책을 편집한 죄로, 마케터는 그걸 펀딩 사이트에 올린 죄로 지문이 닳도록 스티커를 떼고 붙여야 했다. 다 시켜서 한 일이었지만 그럼에도. 어쨌든 손 많이 가는 일은 어제 다 했으니까 이제 안심이지. 그렇게 생각하며 나와 마케터는 출근하자마자 회사에서 공동으로 쓰는 카트에 전날 포장한 책들을 차곡차곡 쌓기 시작했다. 아니, 잠깐만요. 뭐 좀 깔고 해요. 나는 내 자리로 달려가 담요를 가져왔다. 더러워질 텐데요. 마케터는 석연찮은 얼굴이었다. 그러니까요, 지난번 펀딩 때 봉투가 더럽다는 항의 전화가 온 적이 있어서요. 마케터는 아 하고 해탈한 듯한 표정을 짓더니 쌓아두었던 책 봉투를 치워주었다. 끈끈한 테이프 자국을 비롯해 여러 정체불명 오염 물질이 묻은 카트에 폴리에스테르 100퍼센트인 파란색 체크무늬 담요를 덮고 그 위에 책을 쌓았다. 나와 마케터는 엘리베이터를 타고 1층으로 내려갔다. 그래도 회사에 엘리베이터가 있다는 게 얼마나 감사한 일인지 잠깐 생각했다. 계단으로 책 1000권 나르기는 얼마나 고되고 개 같았을까. 1층 현관 앞에서 택배 차량이 기다리고 있었다. 현관 계단 옆 경사로를 조심조심 구르던 카트는 비포장 바닥에 진입하면서 잠시 멈추었다. 이게 왜 이러지. 마케터는 당겼고 나는 밀었다. 그러자 담요 자락이 바퀴에 휘말려 들어가면서 카트가 크게 휘청거렸고, 손을 쓸 사이도 없이 책 봉투가 땅바닥으로 와르르 쏟아졌다. 하필 바닥은 질었고 하필 담요는 책 봉투를 보호하지 못하는 방향으로만 흘러내려 있었다.

루쉰의 묘비에는 이런 말이 새겨져 있다고 한다: 나는 하나의 종착지를 확실히 알고 있다. 그것은 무덤이다.

자기도 바쁜 사람이라고 택배 기사는 화를 냈다. 죄송합니다. 이따 다시 연락드릴게요. 정말 죄송합니다. 흙탕물이 튄 책 봉투는 100개가 조금 넘었고 훼손된 봉투에 붙은 주소들을 하나하나 체크해 다시 송장을 출력한 다음 새 봉투에 붙이는 데는 한 시간이 조금 넘게 걸렸다. 오전 중으로 발송하지 못하면 배송 일자가 밀릴 텐데. 그러면 문의 전화 항의 전화 장난 아니게 올 텐데. 택배 기사는 전화를 받지 않았고 나는 이 모든 일을 뒤로한 채 사표나 쓰고 싶다는 강렬한 충동을 느꼈다. 그와 동시에 슬그머니 솟아오른 내면의 항의도 있었다: 연차에도 그렇게 벌벌 떨면서 사표는 쉬울 것 같아? 그게 나 자신의 생각인지 내게 깃든 마들렌의 목소리인지 헷갈렸다.

대조적으로 뚜렷하게 느낀 건 법원에 간 내가 마주한 분명한 당혹이었다. 법원에 간 나 역시 회사에서 내가 곱씹는 사표 생각을 함께하고 있었다. 큰 충돌이나 모순 없이 나와 나는 모든 경험과 감각을 공유했다. 먼 곳에서 나의 심장이 요동치는 것을 나는 더할 나위 없이 침울하고 평온한 상태에서 인지할 수 있었다.

재판에 대해서라면 나는 단 하나의 사례를 기억한다고 할 수 있다. 당신은 어머니의 장례식 날 슬펐습니까? 아니, 울었습니까였나. 카뮈의 주인공은 외국인, 즉 이방인을 죽여서 기소되지만 수사관들과 법관들은 왜 어머니의 죽음이 슬프지 않은가를 묻는다. 이 소설 이후 내 의식 속 상상의 법정은 그리스 비극 공연장 같은 형태가 되었다. 코러스: 유죄, 유죄, 유죄. 혹은 길티, 길티, 길티. 단조 3화음. 당연하지만 현실의 법정은 그렇지 않았다. 어느 정도 상상과 비슷하다고 느낀 부분은 판사가 입장할 때 법정 내 전원이 기립해야 했던 것, 우르르 일어나는 사람들의 옷자락이 일제히 낸 부산한 소음 같은 것. 나는 끝나면 간식을 준다는 꾐에 넘어가 억지로 교회에 간 아이처럼 산만했다. 마들렌은 그 일에 대해 내가 알기를 원했으나 나는 마들렌이 겪은 일을 알고 싶지 않았기 때문이다.

증인신문에 마들렌이 호출되었다. 마들렌은 내 손을 살짝 잡았다가 놓으며 나갔다.

이제 내가 정확히 알아야 할 때가 된 것이다. 그 일은 어떻게 일어났는가에 대해서. 마들렌의 감자 친구와 나의 과자 친구, 우리 둘 다 좋아하던 소설가가 마들렌의 옷 속으로 손을 집어넣은 일.

마들렌은 눈에 띄는 수강생이었다. 소설가는 마들렌이 과제로 써 온 콩트를 입에 침이 마르도록 칭찬했다. 기성작가도 배울 점이 있는 훌륭한 글입니다. 어쩌면 기성작가가 아니기 때문에 이런 신선한 방향성을 견지할 수 있었는지도 모르겠군요. 소설가는 우리 중 정말로 소설가가 될 가능성을 가진 이가 마들렌밖에 없는 것처럼 말했다. 장차 실제로 동료 작가가 될 사람이라 여겼다면 왜 그런 짓을 했을까?

물론 내가 마들렌에게 느낀 최초의 감정은 시기심이었다. 좋겠다. 나도 선생님한테 칭찬받으면 좋겠다. 수업시간은 두 시간으로 공지되어 있었지만 실제로는 세 시간, 네 시간씩 이어졌고, 그 때문에 중간에 십오 분에서 이십 분 정도는 쉬어 갔다. 소설가는 마들렌을 비롯해 서너 명의 수강생과 함께 나갔다가 호호깔깔 웃으며 돌아오곤 했다. 그들에게서 나는 불 냄새를 맡으면서 매번 생각했다, 나도 담배를 배울까 보다.

내가 처음이자 마지막으로 소설가에게서 칭찬을 들은

것은 7주 차, 꿈을 소재로 한 콩트를 발표했을 때였다. 문학에서 꿈을 사용하는 건 지금부터 치트 키를 쓰겠다고 선언하는 것과 같습니다. 그러면 그 이상 또는 의외의 효과를 반드시 발생시킬 자신이 있을 때에만 사용하는 것이 좋겠죠? 자, 이 작품을 보세요. 목 잘린 인물이 자신의 독립된 머리와 대화하며 모종의 모성애를 느끼고 있지요. 기이한 장면을 흥분하지 않고 묘사한 것 또한 이 작품이 지닌 매력 중 하나입니다. 제가 언제나 강조하듯 이야기꾼이 먼저 흥분해 버리면 청중은 오히려 흥미가 가라앉기 때문에……. 아마 그쯤이었을 것이다, 나와 마들렌의 눈이 처음으로 마주친 것은. 대각선 앞자리에 앉아 있어 내 위치에선 소설가와 반쯤 겹쳐 보이던 마들렌이 문득 고개를 돌려 귀 끝까지 시뻘겋게 달아오른 나를 돌아본 것은. 마들렌이 내게 말을 건넨 것도 그날이 처음이었다. 소설 너무 재미있게 봤어요. 아, 네, 고마워요. 언니 소설…… 언니라고 불러도 되죠? 언니 소설 참 잘 쓰시는 것 같아요. 나는 다른 사람도 아닌 마들렌에게서 그런 말을 듣는 게 기만적이라고 생각했다. 그날 내가 가져간 콩트는 내가 언젠가 실제로 꾼 꿈과 같은 내용이었고, 따라서 소설가의 칭찬처럼 분방한 상상력과 도발적인 감각의 결과물이 아니라 그냥 본 것을 봤다고 말하는 증언에 가까웠다. 아니에요, 무슨. 언니 소설은 비문도 없고. 그건 제가 편집자라서. 아, 그러셨구나. 역시 업계인이셨구나. 언니는 역시 소설, 진지하게 쓰고 계신 거죠?

그런 질문은 사건을 피해 당사자의 책임으로 여기는 2차 가해에 해당합니다.

마들렌의 일행 중 하나가 벌떡 일어나 큰 소리로 항의했다. 소설가의 변호사가 마들렌에게 소설가가 강사로서 한 칭찬을 언어적 희롱으로 여긴 이유를 묻고 있었다. 판사는 그에게 경고를 주고 재판을 속행한다고 선언했다. 왜 마들렌의 친구가 경고를 듣는 거지? 소설가의 변호사가 아니라. 나는 소설가를 바라보았다. 소설가는 몰라보게 핼쑥했고 추위를 타듯 몸을 팔로 감싸고 있었다. 나와 마들렌이 수업을 듣던 때의 그 자신만만하던 태도는 꿈이었나 싶을 만큼 달라진 모습이었다. 나는 잠깐 그가 안쓰럽다고 생각했다. 강의실에서는 그 자신이 재판장인 양 당당했는데. 이 작품은 유죄, 못 썼으니까. 이 작품은 무혐의, 아무 흠잡을 곳이 없으니까.

역시 몸이 예뻐서 소설도 예쁘게 쓴다고 했어요.

어째서인지 마들렌의 그 증언은 내가 그때 마들렌을 얼마나 심하게 시기하고 질투하고 미워했는가와 또 얼마나 소설가를 동경하고 추앙했는가를 떠올리게 했다. 만약 소설가가 나에게 그렇게 말했다면 나는 그것을 희롱이라 받아들였을까? 소설가가 만진 게 마들렌이 아니라 나였어도 나는 마들렌의 감자 친구가 되려고 했을까?

불경한 생각은 삽시간에 온 정신을 살라먹었다. 미친 듯이 가슴이 뛰었다. 재판을 받으러 온 사람이 소설가가 아니라 바로 나인 것만 같았다. 뚜렷한 이유도 없이 법정에 오기가 싫었던 것은 내가 이러리라는 사실을 어렴풋이나마 짐작했기 때문이겠지. 나는 내가 누설하지 않는 이상 누구도 내 생각을 알 수 없음을 떠올렸다. 그런 당연한 사실을 굳이 상기하지 않고서는 그 자리를 견딜 수가 없었다.

어찌어찌 펀딩 물량 배송을 마친 나는 퇴근하고 곧장 피시방에 갔다. 그대로 집에 갔다간 마들렌에게 왜 집에 있는 내가 또 돌아오는지를 설명해야 할 테니까. 법정에 갔던 나는 마들렌, 변호사, 마들렌의 연대인들하고 버섯전골을 먹고 일찌감치 집에 돌아간 참이었다.

어? 언니 야상 어디 갔어? 나 입고 나가려고 했는데. 마들렌이 옷방에서 목소리 높여 물었다. 아…… 아마 세탁소 맡겼을걸? 맡겼어, 응. 마들렌은 이윽고 'YOU NEVER

KNOW'라는 문구가 새겨진 후드 원피스를 입고 옷방에서 나왔다. 그것도 내 옷이었다. 그게 드라이해야 되는 옷이었나? 마들렌은 고개를 갸웃거렸다. 자주 빠는 옷은 아니니까 아무래도. 나는 옹색하게 둘러댔다.

마들렌이 나가고 오 분쯤 지나 피시방으로 퇴근했던 내가 집에 돌아왔다. 내가 샤워하기 시작하자 집에서 기다리던 나는 내가 벗어놓은 옷가지 중 마들렌이 찾던 야상 점퍼를 들고 세탁소에 갔다. 세탁소 사장님은 군말 없이 면 100퍼센트 빈티지 의류인 야상 점퍼를 드라이클리닝으로 접수했고 나는 그길로 찜질방에 갔다. 마들렌은 자정 무렵 적당히 취한 채로 돌아와 나와 함께 침대에서 잤다. 그 시각 또 다른 나는 찜질방 수면실에서 등이 배겨 도통 잠을 이루지 못하고 있었다.

한동안은 계속 그런 식으로 지냈다. 한 사람씩 돌아가면서 출근했다가 퇴근은 찜질방, 피시방, 모텔 중 한 곳으로 하고 전날 출근했던 한 사람은 집으로 돌아가 더운물로 씻고 편한 침대에서 자는 식. 마들렌은 당장 하는 일이 없어서 낮에도 집에 있을 때가 많았기에 어쩔 수 없었다. 출근을 안 하는 나도 입은 입이라 하루에 두 끼는 먹어야 했고, 그걸 집에서 해결하지도 못하니 먹는 만큼 정직하게 지출이 났다. 사실상 나는 3인 가구의 가장이었고 매일 1인분 식비와 숙박비가 고정 지출분에 추가된 셈이었다.

안 되겠다, 외주 편집 원고를 늘리자. 나는 노트북을 들고 24시 무인 카페로 퇴근했다. 이러다 외주계의 전설이 되는 거 아냐? 투잡으로 억대 연봉 찍는 거 아냐? 몸이 두 개인 사람으로서 그리 막연하지만은 않은 상상 같았지만 하루걸러 하루씩만 내 방 내 침대에서 자는 내가 소화 가능한 원고량에는 한계가 있다는 사실이 곧 밝혀졌다. 나는 낮이고 밤이고 늘 흥건하게 피곤에 젖어 있었다. 언니 요즘 왜 그래? 마들렌이 걱정스럽게 물었고, 나는 아주 자연스럽게 너 때문이야라고 생각했다. 그걸 입 밖으로 낼 만큼 피곤하지는 않아서 다행이었다.

얘는 왜 일을 안 하지?

막 사귀기 시작했을 무렵 얘는 왜 집에 안 가지? 생각했던 것과 비슷하게 그런 생각이 들기 시작했다. 2년을 사귀고 그중 대부분의 기간 동안 같이 살아온 사람치고는 새삼스럽게도. 곧 계절은 완연한 겨울에 접어들 것이고, 찬 바람이 불기 시작하니 무인 카페 자동문이 열릴 때마다, 피시방에 앉아 다리를 떨고 있을 때마다 무릎이 시려왔다. 더 추워지면 이런 식으로는 버틸 수가 없을 텐데. 반노숙자인 채로 겨울을 나기에 나는 너무 나약한 인간이었다.

마들렌은 독립 잡지에 글을 싣거나 아마추어 사진작가의 모델을 서며 소소한 벌이를 했고 그런 보수를 받을 때마다 내게 거창하고 맛있는 것을 사주곤 했다. 나는 당연히 돈으로 직접 받는 쪽을 선호했다. 먹고 싸고 물 데우는 비용은 그렇다 치고 전세 대출 이자라도 거들어주면 좀 좋아. 마들렌이 먼저 달라고 한 적은 없지만 나는 가끔 마들렌에게 용돈도 주고 있었다. 친구들과 술 마실 때 얼굴 붉히지 않고 엔빵은 할 수 있게끔. 감자 친구인 나에게서 용돈을 타 쓸 만큼 경제적으로 무능한 나의 과자 친구가 소송비용은, 변호사 수임료는 어떻게 감당하는지, 감당할 계획은 있는지가 크나큰 수수께끼였다. 부모님이 부담하게 되어 있는 걸까? 제과 공장에 다니는 어머니가? 한두 번을 빼고는 마들렌이 잠꼬대로도 언급한 적 없는 사람이?

나 중의 하나는 여권을 들고 다녔다. 주민등록증을 쓰는 내가 이미 있었기 때문이다. 두 사람이지만 등록상으로는 한 존재다 보니 법정 신분증을 하나씩 지녀야 했다. 이참에 킬러 같은 걸로 전업해 볼까? 목표물을 처리한 다음 손쉽게 알리바이를 만들 수 있는 나에게는 살인 청부업이야말로 천직이 아닐까? 어느 날 나는 나보다 먼저 잠든 마들렌을 서늘하게 내려다보면서 그런 생각을 했다. 나 얘를 죽이고 싶나? 두 개의 나는 서로 멀리 떨어진 채 동시에 고개를 가로저었다. 불현듯 들었던 그 생각을 뒤밟으며 다시 불현듯 나는 반성했다.

얘를 미워하는 건 왜 이렇게 쉬울까?

마들렌과 나는 서로 사랑한다고 말한 적이 없다. 비슷한 대화라면 가끔. 이런 식이다: 나 사랑해? 보통 마들렌이 먼저 묻는다. 나는 대답한다: 응. 때로 마들렌이 한마디를 덧붙이기도 한다: 나도. 늘상 주고받는 대화는 아니고, 전혀 주고받지 않는 대화 또한 아니다. 나는 마들렌을 그냥 사랑한다기보다 사랑한다고 '생각한다'.

소설가를 미워하기는 마들렌을 미워하기보다 훨씬 어려웠다. 일단 소설가는 나에게 아무 짓도 저지르지 않았으니까. 소설가는 몰랐겠지만 또는 기억하지 못하겠지만 나는 오래전부터 소설가의 연락처를 가지고 있었다. 대학 시절 그를 학과 특강에 초청한 이후 줄곧 휴대전화 번호와 연동된 메신저에서 그의 프로필이 변화하는 양상을 지켜봐왔다. 계절은 고사하고 반년에 한 번 바뀔까 말까 한 프로필인 데다 얼굴 사진인 경우도 거의 없었지만 생각날 때마다 한 번씩은 눌러서 확대해 보았다. 말을 걸 것도 아니면서. 이런 내가 조금 징그럽다고 생각하면서. 어쩌면 이 태도가 마들렌에 대한 마음보다 사랑에 좀 더 가까울 수도 있겠지. 마들렌이 소설가를 고소할 거라는 뜻을 처음 밝혔을 때에도 나는 바로 이 지점을 떠올렸다. 그건 객관적으로도 주관적으로도 사랑이 아니고 사랑에 아주 가까운 태도에 불과했지만 대략 2년 가까이 살 맞대고 함께 산 과자 친구에게보다 그에게 더 친밀하고 애정 어린 마음을 품고 있다는 것을 스스로도 납득하기 어려웠다.

나는 소설가를 미워하려고 노력했다. 노력을 통해서만 소설가를 미워할 수 있었다. 그가 마들렌에게 저지른 짓 때문에, 한편 나에게 아무 짓도 하지 않았기 때문에 나는 그를 미워했다.

내가 둘로 쪼개지는 듯한 느낌은 이때 이미 시작되었던 것 같다.

그리고 그것은 단순한 감각에 지나지 않는 것이…… 아니었던 셈이다.

어느 새벽 나와 마들렌이 심야 영화를 보고 돌아와 현실과 영화 내용과 꿈의 경계에서 나누었던 대화가 문득 떠오른다. 언니, 나는 이제…… 소설 같은 건 못 쓸 것 같아.

감자만 한 내 가슴을 만지작거리면서 마들렌은 잠에 취해 웅얼거렸다. 왜? 쓰고 싶지 않으니까……. 내 손 역시 마들렌만 한 마들렌의 가슴을 별 욕정 없이 문지르는 중이었다. 나에게 너 같은 재능이 있었다면, 나는 한참 만에 대답했다. 나는 그 밧줄을 잡고 기어이 여기서 탈출했을 거야. 그르륵 하고 코를 먹는 건지 고는 건지 헷갈리는 소리가 들렸다. 마들렌에게 그건 걷잡을 수 없는 잠에 저항하면서까지 들을 가치가 있는 대답은 아니었을 것이다. 나에게도 마찬가지였지만 나는 바로 잠들지 못했다. 나는 소설가의 애인이 되고 싶었다. 마들렌이 소설가가 될 거라고 생각했다. 마들렌이 고정된 직업을 갖지 않는 이유는 소설가가 되기 위해서라는 것을 나는 알고 있었다. 나는 마들렌 머리 밑에 괴어주었던 팔을 조심스럽게 빼고 바로 누웠다. 마들렌이 소설가든 아니든 나는 마들렌의 감자 친구고 마들렌은 나의 과자 친구라는 점을 한참 생각했다. 그러고는 잠들어 그날 본 영화와 아무 상관 없는 꿈을 꿨던 것 같다.

둘이 된 나는 세 가지 정도의 선택지를 떠올릴 수 있었다. 첫째, 어떻게든 분열의 원리를 알아내 그 역을 시도한다. 즉 합체해 본다. 어느 주말 나는 모자를 깊숙이 눌러쓰고 한 손에 모자를 든 채 외출해서 또 다른 나에게 씌운 뒤

껴안고 있었다. 맞닿은 뺨과 목에 땀이 돋을 만큼, 지나가는 사람들의 시선이 필요 이상으로 의식될 만큼 오래 그러고 있었으나 별 소득은 없었다. 또다시 분열이 일어나는 불상사를 막으려면 원인 규명은 꼭 필요했지만 보류. 아무튼 하나가 되지 못했으므로 무기한 보류.

둘째, 둘 중 하나가 희생하기로 한다. 우리는 다이소 키친 용품 코너에 서서 녹이 잘 슬지 않는 스테인리스 식칼(5000원)을 쳐다보고 있었다. 단순하고 명쾌하며 가장 합리적인 해결책. 어느 쪽이든 나니까 한쪽만 희생해 주면 결국 나를 살리는 길이 되지 않나. 하지만 누가 누구를 정리하지? 둘 다 나라면 둘 중 누가 남는 게 맞지? 남은 시신을 처리하다 들키면 살아남은 쪽도 좆 되는 거 아닌가? 게다가 모든 감각을 공유하는 이중의 몸을 갖고 산 채로 죽음에 이르는 통증을 맛보는 게 과연 안전한지는 어떻게 아는가. 확실한 만큼 후폭풍도 대단할 양날의 검이었다. 따라서 이 역시 보류.

셋째…… 마들렌에게 고백한다. 나는 그 애의 감자 친구로서 단일한 존재가 아니라는 진실을. 마들렌이 이런 나를 받아들여 준다면 우리는 지금까지의 처참한 생활양식을 청산할 수 있었다. 어쩌면 이상적인 3인 가정이 될 가능성도 있었다. 나는 수입이 늘고 덜 피곤해지겠지. 마들렌은 늘 집에 혼자 있을 필요가 없어지고. 세 명부터 플레이할 수 있는 보드게임도 가족 구성원끼리 할 수 있어. 물론 내 뇌는 형식상으로만 두 개고 서로 클라우드 연동 같은 게 되는 상태라 마들렌이 훨씬 불리하겠지만 세 사람이 둘러앉아 카드를 나누어 갖는 그림은 얼마든지 연출할 수 있겠지.

하지만 만약에 마들렌이 받아들이지 못한다면? 받아들이지 못하는 거야 탓할 수 없겠지만 당장 혹은 근미래에 나와 헤어진다면? 마들렌이 나를, 내 복수의 존재 형식을 비밀로 해줄까?

어떤 선택지도 안전하지 못하다는 결론에 봉착한 나는 하염없이 허송세월을 했고 날씨는 하루가 다르게 혹독해졌으며 나는 하루가 다르게 바스러지고 있었다. 지금이라도 쌍둥이라고 사기를 쳐볼까? 마들렌은 내 가족관계등록부를 본 적이 있다. 마들렌이 미쳐서 나를 둘로 착각하는 거라고 가스라이팅을 해볼까? 퍽도 먹히겠다, 당사자인 나조차 이 마당까지 와서도 가끔은 실감이 안 나는데. 아니 왜 이렇게 마들렌 눈치를 보는 거야. 마들렌에게 들키기 전에 먼저 헤어지자고 하고 집에서 내쫓을까? 그러기에는 내가 마들렌을 확실히…… 좋아하는 것 같다.

나는 마들렌이 먼저 문제를 눈치채고 괜찮다고 말해주기만을 바랐다. 그것만이 내가 기댈 수 있는 단 하나의 희망적인 방향이었다. 솔직히 아직까지 내가 둘이라는 것을 알아차리지 못하다니 마들렌에게도 잘못이 있다고 나는 생각했다. 나한테 조금만 관심을 기울여도 알 수 있지 않나? 내가 그렇게 치밀하게 증거를 없애고 다닌 것도 아닌데.

나 할 말 있어

라고 마들렌이 메시지를 보내왔을 때 나는 드디어 올 것이 왔다고 생각했다. 내가 요즘 이상해서 헤어지고 싶다거나 내가 요즘 이상해서 걱정이 된다거나. 어느 쪽이든 이제는 결착을 지어야겠다고 나는 마음을 먹었다. 알았어, 오늘 최대한 빨리 들어갈게. 나는 마들렌이 무슨 말을 하려는지가 너무 궁금하고 불안해서 반차라도 쓰고 싶은 지경이었다.

언니 오늘 그렇게 입고 출근했던가?

집 근처 피시방에서 핫바를 사 먹던 내가 반차를 썼다고 거짓말하며 들어가자 마들렌은 미심쩍은 표정으로 물었다. 어, 응. 나 출근할 때 자고 있던 거 아니었어? 그보다 할 말 있다며, 무슨 일 있어? 내가 짐짓 걱정스레 묻자 마들렌은 말했다. 언니, 내 부탁 하나 들어줬으면 해.

무슨 부탁? 정말 헤어져 달라는 부탁인가? 나는 불안감이 나를 앞질러 대답하지 않도록 주의하며 경청했다. 마들렌은 조심스레 입을 뗐다. 다름이 아니라…….

다음 공판 기일에 증언해 줄 수 있어?

그야 나는 당연히…… 뭐라고?

쟁점을 위계에 의한 강제 추행인지 아닌지로 가져가야 한대. 나는 미성년자가 아니라서 불리하대. 그렇게 말하며 마들렌은 피식 웃었다. 그 새끼가 나한테 피하기 힘든 직장 상사나 학교 선생 같은 게 아니라서 위계가 작용했음을 증명하기가 어렵대.

거기에 내 증언이 무슨 도움이 돼?

걔가 그때 얼마나 권위적이고 편향적이었는지 같이 수업 들었던 언니라면 말해줄 수 있잖아. 나한테 너무 중요한 일이야. 해줄 수 있겠어?

솔직히 말하면 전혀 예상치 못한 부탁이었다. 그간의 생활이 너무 힘들어서 그에 대해서는 까맣게 잊고 있다. 아, 그랬지. 이 모든 일의 애초에는 마들렌의 송사가 있었지. 나에게는 아득하게 느껴지는, 그래서 이미 끝난 것처럼도 느껴지는 그 일이 사실상 제대로 시작도 되지 않았다는 점은 한번에 받아들여지지 않았다. 멀리에서 미간을 찌푸린 채 키보드를 두드리는 내가 손을 거두어 무릎 위에 올려두었다. 맑은 정신으로, 온 마음으로 제대로 대답해야 한다고 나는—나도—생각했다.

미안한데 나 못할 것 같아.

언니.

나는 네가 그 사람 얘기할 때마다 둘로 쪼개지는 것 같은 기분이 들어. 그 사람 실제로 보니까 더 그랬고.

거짓말이 아니었다. 마들렌과 소설가를 동시에 보고 있는 동안에 나는 소설가보다 마들렌을 미워하는 나를 발견했고 마들렌의 감자 친구인 나는 그런 나를 받아들일 수 없었다. 나는 분명 소설가를 미워했지만 한편으로는 연민했다. 그런 인간을 연민하는 스스로를 이해할 수 없었다. 나를 그런 자리에 앉게 만든 마들렌이 소설가보다 더 미웠고 최종적으로는 나 자신을 가장 미워하게 되었다.

언니 정말 이기적이다.

마들렌은 부들부들 떨면서 눈물을 뚝뚝 흘렸다. 내가? 내가 이기적이야? 네가? 네가 나한테 그런 말을 해? 나는 그렇게 말하고 싶었다. 내가든 네가든 말하고 싶었지만 기가 막혀 말문도 막히고 말았다. 마들렌이 울며 계속 말했다.

언니는 언니가 우리 관계에서 일방적으로 희생하고 있다고 생각하잖아. 언니야말로 엄청나게 이기적인 사람이야. 언니한테는 언니밖에 없어. 언니가 세상의 전부야.

그 순간 무겁고 날 선 도끼가 정수리 한가운데를 빡 하고 내리치는 듯한 격통이 있었고 나는 따뜻한 피자가 치즈를 늘어뜨리며 갈라지듯 찌익, 쩌억 하고 둘로 나뉘었다. 마들렌의 눈앞에서. 아, 이런 식이었군. 의식이 있는 채로 갈라진 건 또 처음이라 나는 신기하다는 생각을 먼저 했다. 양손으로 입을 틀어막은 마들렌, 어느새 눈물이 그친 눈을 똥그랗게 뜬 채 내가 지금 뭘 본 거야? 이게 지금 실제 상황이야? 하는 표정을 짓고 있는 마들렌을 보기 전까지는 아무튼 경이감이 우세한 감정이었다.

이건 그…… 내가 설명할 수 있어. 이건 뭐냐면…….

두 명의 내가 동시에 말했고 우리는 서로 마주 본 후에 다시 마들렌을 쳐다보았다.

아니…… 나 잠깐 나갔다 올게…… 늦을 수도 있어.

마들렌은 아주 가늘고 떨리는 목소리로 말하며 뒷걸음질 쳐 현관으로 나갔다. 허겁지겁 운동화를 발에 꿴 나의 과자 친구는 끈이 풀린 줄도 모르고 문을 나섰다. 나는 감히 마들렌을 잡을 수 없었다. 아마 겁먹었겠지, 아아, 최악의 방식으로 알게 해버렸다. 나와 나는 동시에 엉덩방아를 찧으며 주저앉았다. 이렇게 되려고 그동안 그렇게 애를 쓴

게 아니었는데. 나는 마들렌이 몹시 미웠고 그에 못지않게 스스로가 싫었다. 나의 마들렌이 나에게 질리지 않았기를 바랐고 동시에 이 모든 상황에 나 스스로 질려 있었다. 지긋지긋한 나들의 의식의 연쇄 속에 불쑥 하나의 목소리가 솟았다.

진정해. 또 쪼개지면 어떡할 거야.

나는 나를 향해 결심에 찬 눈빛을 보냈다. 나 역시 나에게 고개를 끄덕여 결의를 표했다. 역시 이 방법 말고는 없는 걸까. 머리가 셋이라도 사람은 하나다 보니 그보다 더 뾰족한 수는 떠오르지 않았다. 결정을 더는 미룰 수 없었다. 어쨌든 이런 식으로 이루어지는구나. 언젠가 목이 잘려 죽을 것 같았던 나의 오랜 예감은. 나는 싱크대 하부장에서 식칼을 꺼내 와 나와 나 사이에 내려놓았다. 나와 나는 식칼을 가운데 두고 공손히 무릎을 꿇었다.

곧 또 하나의 내가 집으로 돌아올 시간이었다.

마치 당신 같은 신

그 사람 고향이 남쪽이랬지.

P는 라디오에서 흘러나오는 곡조를 제법 구성지게 따라 했다. 첫 소절을 부르고는 입을 다문 걸 보니 다음 부분은 모르는 모양이었다.

"채널 좀 돌려주라."

머쓱했는지 P는 그렇게 청했다. 버튼을 누르자 노래가 멎고 부드럽고 차분한 여성 진행자의 멘트가 흘러나왔다. ……알고 보면 나 또한 어떤 사람에게는 그런 존재일지도 모르겠다는 생각이 들었습니다…….

"계속 들으면 졸리겠다. 다른 거."

채널을 돌리니 드디어 댄스곡이었다. P는 이거지! 하고 어깨춤을 추기 시작했다. 선배, 고속도로에서 그러지 좀 마요, 핸들 잡은 사람이 그러면 엄청 불안하다고요. 내 말에도 한동안 P는 주접을 떨었다. 속도계 바늘도 100과 120 사이에서 진동하고 있었다. 나는 괜히 불안해져서 뒷좌석을 돌아보았다. 대학생 스태프들은 둘 다 미간을 찌푸린 채 잠들어 있었다. 집합 시간이 오전 6시였으니 무리도 아니지. 자세를 고쳐 다시 똑바로 앉자 P가 묻는 건지 그저 말하는 건지 헷갈리는 어조로 말했다.

"고향이 남쪽이랬지."

네? 하며 라디오 볼륨을 조금 줄이자 P는 다시 말했다.

"너 말이야."

"왜요."

"어릴 때 그쪽 살았다고 하지 않았나? 오늘 출장지."

그런 걸 다 기억하네. 따로 말한 적 없고, 내 이력서를 본 것도 여러 해 전일 텐데.

"송대관은 호남 사람 아니에요?"

나는 말을 돌렸다. P는 바뀐 화제를 따라왔다. 그렇게까지 궁금한 건 아니었다는 듯이.

"그랬나?"

"네, 맨날 태진아랑 같이 나와서 태진아는 영남 말씨 쓰고 송대관은 호남 말씨 쓰면서 옥신각신하잖아요."

"지역감정 캐릭터들이었어?"

"둘이 친하다던데요."

노래가 끝났다. 진행자 멘트가 나올 줄 알았는데 다른 댄스곡이 나오기 시작했다. 이런 채널도 있나. 나는 라디오 소리를 조금 더 줄였다.

"그런데요."

"뭐?"

"생각해 보니까 만약에 송대관이 그 노래 가사의 화자라면 호남 사람더러 막연히 고향이 남쪽이랬지 하지는 않을 것 같아서요. 호남 쪽은 자기가 대충 다 알 테니까."

"그러면?"

"자기가 잘 모르는 지역 이름이 나왔으니까 어렴풋하게 남쪽으로만 기억하는 거 아닐까 해서요. 그러면 그 사람 고향은 아마 영남이겠죠."

P는 갑자기 웃었다.

"야, 작가는 작가다. 그게 그렇게 되나."

적당히 잘 넘긴 거겠지. P는 가요나 요즘 개봉한 영화에 대해 내가 늘어놓는 궤변이나 음모론을 좋아했다. 나도 P가 내 말을 잠자코 듣다 웃는 순간들이 싫지 않았다. 멀고 지루한 출장길을 그럭저럭 견딜 만한 것으로 만들어주는 작은 유희.

"어디로 갔을까요?"

"뭐가?"

"그다음 가사가 그렇잖아요. 서울을 떠났는지 어쩌구……."

"아, 그랬지."

P는 뺨을 벅벅 긁었다.

"고향으로 가지 않았을까?"

"그게 또 그렇게 되나요."

"응, 가사가 그랬던 것 같기도 하고."

채널을 돌려 정말 그런 가사였는지 확인하고 싶었으나 그 노래는 이미 끝난 지 오래일 것이었다. 서울을 떠나 고향으로 가는 사람. 남쪽으로 가는 사람. 잘 기억나지 않는 나머지 가사를 곱씹다 보니 평범한 문장이 되어가고 있었다. 그러고 보면 P는 정곡을 찌른 셈이었다. 잠깐 일 때문에 가는 것이라곤 해도 틀림없었으니까, 내가 고향으로 향하고 있다는 사실만은.

"고향 얘기 싫어해?"

P가 물었다. 또다시 정곡이었다. 내가 대답을 망설이자 P는 알아서 결론을 내렸다.

"한 번을 안 해주더라, 고향 얘기는."

그냥 잘 모른다고 할까. 기억이 안 난다고. 싫다고도 좋다고도 할 수 없었다. 이제는 마흔이 다 되었고 고향을 떠나서 산 시간이 고향에서 산 시간을 추월한 지도 몇 년인데, 지금 그립지 않다면 평생 그립지 않겠지……. 그런 어렴풋한 생각이 전부였다.

"좀 잘래?"

그래야겠어요, 대꾸하며 창 쪽으로 고개를 돌렸다. 자라는 건 그냥 해본 말이었다는 듯 P는 라디오 볼륨을 올렸다. 소음에도 불구하고 눈이 감겼다. 계기판을 보지 않아도 속도가 올라가고 있음이 느껴졌다.

깨어나자 시내였다.

장거리 운전자의 조수석에 앉아 푹 자버린 것이 미안해 P를 쳐다보았는데 차창 가득 햇빛이 들어와 모자를 쓴 P의 얼굴에는 깊은 그늘이 져 있었고, 그래서 표정을 읽을 수 없었다.

"이따 피곤할 텐데 눈 더 붙여두지."

P가 말했지만 나는 고개를 저었다. 뒷좌석 스태프들도 말이 없을 뿐 이미 깬 기색이었다. 침이라도 흘린 게 아닌지 입가를 문질러 보는 사이 차가 급정거했다. 다소 무리하

게 차선을 변경하려다 뒷차에 옆구리를 받힐 뻔한 것이다. 입을 벌리고 있던 덕에 혀를 깨물지 않았다. 조수석에 거의 닿다시피 다가온 뒷차는 경적을 요란하게 울렸다. P는 곤란한 듯 뒷목을 긁적이고 운전대를 크게 돌렸다.

"미안하다. 아까 지나친 것 같은데 병원 주차장 입구를 못 찾겠어."

"이 병원, 주차장이 둘이에요. 지상 주차장으로 가는 게 편할 거예요. 지하 주차장 들어가려면 골목으로 가야 하는데 그게 좀 복잡해서."

"잘 아네."

그러게, 잘 아네. 나도 신기했다. 주차 같은 건 신경도 안 쓰던 어릴 때 두어 번 와본 게 전부인데 그런 게 기억이 나다니.

"오늘 촬영 잘되려나 봐요. 액땜했네요."

뒤에 탄 대학생 스태프 하나가 말했다. 그런가 하고 P가 웃었다.

P와 스태프들이 촬영 장비를 옮길 동안 수납 데스크에서 방문증을 수령하고 병실에 가 가장 먼저 출연 예정자와 만나는 것은 내 일이었다. 병원 원무과장과 명함을 주고받은 뒤 P에게 메시지로 병실 번호를 보내둔 다음 혼자 엘리

베이터를 탔다. 늘 해오던 일인데 영 내키지 않았다. 느리디 느린 엘리베이터가 멈추고 문이 열리고 복도에 발을 내딛자 가슴이 답답해졌다. 그냥 이번 건은 빠진다고 할 걸 괜히 따라나섰을까. 서울에서 진작 끝냈던 고민이 병실 앞에서 다시 떠올랐다.

"들어가겠습니다."

심호흡하고, 문을 두드리고, 열었다. 고요했다. 3인실이지만 침상 두 개는 비었고 창 바로 옆에 놓인 침상은 커튼을 둘러쳐 놓은 채였다. 그럴 필요 없는데도 부러 발소리를 죽여 다가간 다음 커튼을 조금 걷고 들어가 보니 출연 예정자는 자고 있었다.

깨워야겠지……. 살그머니 침상 발치에서 옆으로 돌아가는 사이 문이 벌컥 열리는 소리가 났다. 저벅저벅 걸어오더니 커튼을 확 걷은 방문객은 다름 아닌 P였다.

"어, 주무시네."

차 안에서 한참 큰 소리로 음악을 들은 탓인지 안 그래도 목소리가 우렁찬 P가 평소보다 더욱 큰 소리로 말했다. 이윽고 촬영 장비를 들고 따라 들어온 스태프들로 쥐 죽은 듯 고요하던 병실은 금세 시끌벅적해졌다. 소란 통에 출연 예정자가 끔뻑끔뻑 눈을 떴다.

"누구세요?"

두 번째와 세 번째 글자의 억양이 높은 말씨로 출연 예정자는 물었다. 아! 하면서 P가 바지 주머니를 뒤져 명함을 찾는 사이 출연 예정자는 침상 옆 창틀을 붙들고 몸을 일으켜 앉았다.

"아, 서울에서 촬영하러 오신댔지……."

명함을 받아 든 출연 예정자는 곰곰이 생각하는 듯하더니 말했다.

"근데 저 안 할랍니다."

"예?"

P를 비롯한 팀원들은 혼비백산했다. 같은 촬영을 위해 왔으면서도 나는 출연 예정자가 서울말 어미를 쓰려 노력하고 있다는 사실만을 의식했다. 그가 던진 폭탄선언이 그저 남의 일인 것처럼.

"생각해 보니까 쪽팔리데요. 아픈 게 머 자랑이라고. 이 몰골로 방송은 무슨."

P는 애꿎은 대학생 스태프의 옆구리를 찔렀다.

"너 연락 제대로 드린 거 맞아?"

"드렸어요. 출연 제안서도 보내드리고 참고하시라고 작년 방영 에피소드 링크도 보내드리고 방송 모금으로 출연료 겸해서 병원비 드린다고 다 말씀드리고 했어요. 좋다고 하셨고요."

"엄한 아 잡지 마이소, 마세요. 그냥 제가 맘이 변한 깁니다."

출연 거부 의사를 돌려세울 길은 없었다. 이 사람은 우리 프로그램 출연을 거절하는 첫 사례가 아니었다. 우리 팀이 찍는 프로그램이 딱히 예술도 아니고 교양적이지도 않으며 희귀병을 앓는 출연자를 구경거리로 만들 위험성이 크다는 사실은 프로그램 구성 대본을 쓰는 내가 가장 잘 알았다. 그런 맥락에서는 출연 제안이 수락되는 확률이 채 절반도 되지 못한다는 게 전혀 이상할 것 없었다. 하지만 적어도 출연을 수락한 사람이 마음을 바꾼 케이스는, 하물며 촬영 날 그런 날벼락 같은 선언을 한 경우는 내가 일하는 동안 한 번도 없었다. 그건 숙고 끝에 출연을 결정한 이들에게 이 기회가 간절하다는 의미였다. 치료비를 구하고 본인이 앓는 희귀병을 알릴 기회.

P의 눈이 나를 향했다. 어떻게 좀 해봐. 그나마 네가 말발이 좀 되잖아. 그런 의미일 터였다. 나는 마음껏 한숨도 내쉬지 못하고 입을 뗐다.

"다시 한번만 생각해 주시면 안 될까요? 저희 팀, 새벽에 출발해서 다섯 시간 가까이 달려서 왔는데…….”

말하면서도 내가 바보처럼 느껴져 눈을 질끈 감고 싶었다. 희귀병 환자 앞에서 시간 타령 같은 게 의미가 있을까. 달리 떠오르는 핑계가 없어 꺼낸 말에 상대방은 별안간 웃음을 터뜨렸다.

“내한테 말 높이지 마라.”

의아한 듯 나와 출연 예정자를 번갈아 보는 P의 눈길이 느껴졌다. 올 것이 왔다. 여전히 눈을 감지 못한 채로 나는 그런 생각을 했다.

“언니 내 알제.”

알고말고. 아니길 바랐지만, 동명이인이길 바랐지만, 나를 몰라보길 바랐지만. 출연 예정자는 짓궂게 눈을 구부려 웃으며 또 말했다.

“내 한동진이 동생이잖아. 한동희. 모른다 카지 마라. 섭하다.”

아프다는 얘기는 한참 전에 들었다. 곧 죽을 것처럼 아픈데 원인을 몰라서 서울에도 병원을 바꿔가며 여러 번 왔다 가고 와병 수년 차에야 겨우 병명을 알았다는 이야기. 그 병은 한국에는 환자가 세 명뿐인 희귀병이라는 이야기.

희귀병 환자를 찾아 전국 방방곡곡을 떠도는 일을 하는데도 그 이야기는 영 실화라고 느낄 수 없었다. 더군다나 그 이야기를 내가 만드는 프로그램에서 다루게 될 줄은.

한동희와 나 사이가 그랬다. 고향을 떠나기 전까지 내내 같은 학교에 다녔고 서로 존재를 분명히 알았으며 중학교 때 잠깐은 같은 부에서 활동까지 했지만 늘 뚜렷한 거리감이 있었다. 친척이나 동창들이 사이에 있다 보니 나이 먹어서도 소식이 드문드문 이어졌으나 어려서는 서로 알은체하며 인사를 나누는 사이조차 아니었다.

말하자면 한동희에게 느끼는 거리감은 고향에 대한 그것과도 같다고 할 수 있었다. 모르냐고 하면 그건 아니지만, 가깝냐고 하면 글쎄요 할 수밖에 없는. 신경이 쓰이냐 하면 아닌 게 아닌 것도 같고, 가슴이 아프냐 하면 그렇지도 않다고 하면서도 고개를 갸웃할 법은 한.

"표정들 푸이소. 장난이었습니다."

장난?

"진이 언니야가 내 모른 체해서 섭해서 그랬습니다. 찍을게요, 다큐."

순간 소름이 돋았다. 한동희에게서 한 번도 들어본 적 없는 호칭 때문이었다. 언니야라고, 그것도 이름 끝 글자만

떼어서 애교스럽게 부를 만큼 가까운 사이는 단연코 아니었다.

"짓궂으시네. 놀랐잖아요. 야, 넌 왜 진작에 아는 사이라고 말을 안 해가지고."

P가 말했다. 틀린 지적은 아니었다. 아는 사이인데 안다고 말하지 않은 것. 그렇지만 화살이 나에게 돌아오자 나야말로 억울하고 섭섭해졌다. 안다고 굳이 말을 안 했을 뿐 모른다고 거짓말한 적도 없는데. 하지만 출연자는 대개 병든 몸만큼이나 정신도 취약해져 있기에 출연자를 타박하는 일만큼은 절대 금물이었다.

"언니야 방송국 다닌다고 작가님 됐다고 할마시가 그래 자랑을 했는데. 대본에도 언니야 이름 떡하이 드가 있드마 연락 한번 하기가 그래 싫더나."

정정해야 할 것이 한두 가지가 아니었다. 내가 다니는 회사는 방송국이 아니라 방송국으로부터 외주를 받는 프로덕션이고 구성 대본을 쓰는 것은 사실이지만 공식적인 직함은 조연출, P와 같은 피디였으며, 무엇보다 나와 한동희는 살면서 단 한 번도 연락이랄 것을 주고받은 적이 없었다. 몇 번을 생각해도 그럴 만한 사이가 아니었다. 내가 그랬듯 동명이인이려니 생각하고 넘어갈 수는 없었을까. 이유는 도무지 알 수 없지만 내가 오기를 벼르며 기다렸다는 말로 해석할 수밖에 없었다.

"자자, 그럼 모처럼 만났으니까 오늘 촬영 화기애애하게 한번 해봐요. 어차피 방송은 주로 내레이션으로 진행하니까 동희 씨는 그냥 평소대로 계시면 되거든요. 편하게 계세요, 편하게."

P는 눈치가 없는지 일부러 모르는 체하는지 헷갈릴 만큼 너스레를 떨었다. 대학생 스태프들이 나와 한동희의 눈치를 번갈아 가며 보고 있었다. 그래, 일을 하러 왔으니 일을 해야지……. 어안이 벙벙한 채 프레임 바깥으로 걸어 나가 P의 뒤에 섰다.

"카메라 돌아갑니다. 그냥 편하게 하세요. 진짜 편하게. 아셨죠?"

방송 출연을 의식하는 일반인들은 대개 뻣뻣하게 굳어 삼십 분에서 한 시간 정도는 쓸모 있는 테이크를 주지 못한다. 그걸 잘 아는 P는 무조건 편하게, 편하게를 강조했는데 한동희는 카메라를 똑바로 쳐다보며 물었다.

"식사는 하셨습니까?"

"아, 그렇지. 12시네요. 너, 나가서 김밥 같은 거라도 좀 사 와라."

허둥지둥 법인 카드를 찾으며 P가 말했다.

"선배, 제가 갔다 올게요."

내 말에 손부터 내밀며 다가오던 스태프가 멈칫했다.

"너는 나랑 있어야지."

P는 돌연 정색했다. 아기 돌 사진을 찍는 사진사처럼 한동희를 향해 내내 웃다 그런 것이어서 서먹한 기분이 들었다.

"그래도 제가 아는 동네잖아요. 요깃거리 산다고 헤매다 길이라도 잃으면 어째요."

"애도 아니고 어디를 가나 처음 다녀보는 동네인데 무슨."

투덜거리면서도 P는 지갑을 찾던 손을 멈추었다. 금방 올게요 하며 나섰지만 나도 자신은 없었다. 그저 잠깐이라도 병실을 떠나 있고 싶을 따름이었다. 잠시라도 한동희의 눈길을 피할 수 있다면 그걸로 좋았다.

함께 내려온 사람들은 모두 나를 등지고 서 있었지만 한동희는 그들과 마주 보며 앉아 있었기에 문이 닫힐 때까지 한동희의 시선은 내 뒤통수에 머물렀을 것이다. 나는 그 사실을 의식하며 문을 닫았다. 간호사들이 환자식을 담은 카트를 밀며 지나가고 있었다.

어릴 때 살던 집은 병원과 거리가 있었지만 중학교는 근처였다. 버스를 타면 십 분 내외인데 걸어서는 삼십 분이 넘게 걸리던 등굣길. 병원 앞길에는 편의점 말고는 간단한 요깃거리를 살 만한 곳이 눈에 띄지 않아 학교 앞으로 갔다. 떡볶이, 순대, 김밥 등을 팔던 학교 앞 분식집에 대한 기억이 막연하나마 있어서였다.

족히 20년이 흘렀음에도 모든 것이 그대로이길 바라는 순진한 마음 같은 건 없었는데 막상 내가 기억하는 그 자리에 분식집 대신 팬시 문구점이 들어선 것을 보니 비웃음을 당한 듯한 모욕감이 들었다. 어쩐지 화닥화닥 달아오르는 얼굴을 만지며 길 건너 프랜차이즈 분식집에서 김밥을 주문했다. 김밥을 마는 아주머니에게 건너편에 있던 짱구 분식을 모르시는지, 언제 닫았는지 물으려다 말았다. 그걸 알아서 내가 어쩌게. 학교와 가까워 종종 갔을 뿐 그렇게 맛있게 잘하는 집도 아니었다. 아쉬울 것이 없었다.

길만은 그대로였다. 다행이라고 해야 할까, 그럴 필요가 있을까. 원체가 길의 모양이란 것은 잘 변하지 않으니까. 없던 길이 만들어지거나 있던 길이 확장되는 일은 종종 있는 한편, 멀쩡히 나 있던 길이 아주 사라지는 일은 흔치 않았다. 간판에 때가 전혀 앉지 않은 새 가게들과 노포들이 서로 이웃한 학교 앞을 떠나며 나는 내가 이 지역을 아는 만큼 모르기도 하고 모르는 만큼 알기도 한다는 사실을 곱씹었다. 새삼스러운 감각으로.

돌아가 보니 병실 분위기가 묘했다. 한동희는 예의 짓궂은 눈웃음을 흘리며, 왼손 검지로 머리카락 끝을 살살 꼬며 아주 천천히 밥을 먹었고 P는 아무 말 없이 그 장면을 따고 있었다. 오래 함께 일해와서 등만 보아도 알 수 있었다. P가 지금 뭔가를 언짢아한다는 것을.

식사들 하시고 마저 촬영하자며 팀을 데리고 나왔다. 병실에서 외부 음식을 취식하는 건 희귀병 환자에게 위험하다는 핑계로. 김밥 은박지 포장을 까면서 P는 나를 쳐다보지도 않고 툭 내뱉었다.

"과하게 발랄하다, 니 친구."

돌려 말할 것도 없다는 듯한 태도였다. 나는 별 대꾸 없이 김밥을 한입 물었다. 기분 탓인지 익숙한 맛이었다. 짱구분식 김밥 맛이 꼭 이랬는데. 약간 비리다 싶을 만큼 김 맛이 생생했는데.

"원래 저랬냐?"

"잘 몰라요, 그 정도로 가깝지 않았어요."

"그래? 네 얘기 하는 거 보면 보통 사이가 아닌 것 같던데."

내가 없는 사이 또 무슨 말을 했을까 신경이 쓰였지만 굳이 알고 싶지 않은 마음도 컸다.

"어차피 스토리야 편집으로 만들고 감정이야 내레이션으로 까는 거지만 괜찮은 소스를 안 주면 우리가 뭘 할 수 있겠냐."

"발랄하면 좋지 않아요? 캐릭터 있잖아요."

"이 프로 보는 사람들이 캐릭터 찾아? 안타까운 사연 바라지."

그 말이 옳았다. 우리가 만드는 프로그램은 다큐멘터리 치고도 시청률이 안 나오는 편이었지만 ARS 전화를 충실히 거는 고정 시청자층은 있었고, 그 충실한 이들에게 기운차고 잘 웃는 환자 같은 건 소구력이 거의 없었다. P의 한탄에 대학생 스태프들끼리 눈길을 주고받더니 한 명이 나서서 말했다.

"의사 인터뷰라도 좀 길게 따올까요?"

시청자들도, 찍는 우리도 잘 모르는 희귀병 환자들이 주로 출연하는지라 병명과 병세를 소개하는 코멘트는 매 편 꼬박꼬박 들어갔지만 의사의 단독 인터뷰를 길게 따는 일은 거의 없었다. 오십 분 남짓한 짧은 시간 안에 출연자의 고통을 집중적으로 보여주어야 시청자들을 자극할 수 있으니까.

"그래, 일단 따놓고 얼마나 넣을지 생각해 보자."

식사를 빙자한 작전 회의가 끝나고 P는 한동희를 찍으러 돌아갔다. 나는 보조 촬영용 캠코더와 스태프 한 명을 동반해 주치의 진찰실을 찾아갔다. 다행히 주치의는 갑작스러운 출연 요청에도 호의적이었다. 이참에 자기도 텔레비전에 나오는 의사가 되어서 앞으로 재미 좀 보겠다는 농담을 했다. 국내에 몇 없는 희귀병 환자를 진료할 정도의 실력자라면 이미 아쉬울 것이 별로 없을 텐데. 나를 대신해 대학생 스태프가 그럭저럭 맞장구를 치며 웃었다.

의사의 말에 따르면 한동희가 앓는 질환은 한마디로 피가 느려지는 병이었다. 미세 혈관 하나하나의 두께에 유의미한 차이가 생겨 어떤 곳은 너무 좁고 어떤 곳은 또 너무 넓은데 신체 일부가 아니라 전신 구석구석이 모두 그렇기에 혈류 속도가 느려질 수밖에 없다고 했다. 병목현상 아시죠? 그게 온몸에서 무수하게, 동시다발적으로, 언제나 일어난다고 보시면 됩니다. 병목현상이 생기면 교통 체증이 필연적으로 발생하죠.

심장 기능에는 이상이 없다고 했다. 또한 그렇기에 문

제라고 했다. 심장은 항상 일정한 운동으로 피를 밀어내고 있는데 그 심장으로 돌아와 공급되어야 할 피는 만성적으로 부족하다고. 그래서 한동희는 혈류 속도를 촉진하는 처치를 매일 받지만 부작용도 적지 않은 이 약품이 몸에 점점 적응이 되어 약효가 점점 떨어지는 것 또한 어쩔 수 없는 문제였다. 그러다 어느 날 혈류 속도가 일정 이하로 내려가면 그때는 더 이상 손쓸 수 없게 되는 거예요. 곧바로 혈류 속도가 0에 가까워지죠. 손익분기점 같은 거랄까요. 그보다 1퍼센트라도 높으면 안심이고 그보다 1퍼센트라도 낮으면 끝나는 거 말입니다. 그리고 사람이 피가 멈춘다는 건…… 무슨 얘기인지 아시죠?

한동희의 죽음은 이미 예정되어 있고 천천히, 그러나 보통 사람보다는 훨씬 빠르고 분명한 속도로 그에 가까워지고 있다는 말이었다.

"환자가 느끼는 고통은요?"

순환에 문제가 생긴 환자들이 겪는 모든 난점을 한동희도 겪는다고 했다. 이른 노화가 찾아오고 훼손 부위의 회복이 극단적으로 더뎌지며 훼손 자체도 무척 쉽게 일어난다고 했다. 재생과 회복에 필요한 모든 성분이 피를 통해 이동하는데 그 유통 속도가 보통 사람보다 훨씬 느리니까. 푸

석푸석한 팔목을 가볍게 스치기만 해도 멍이 들고 수개월이 지나도 멍이 빠지지 않는다고. 혈류 속도를 높이려고 투여하는 약제는 사실 혈관 너비의 안정화를 유도하는 것인데 이 약 때문에 오히려 전신 통증을 느낄 수 있다고.

"끔찍하네요."

훨씬 더 악질적인 병을 앓는 많은 환자를 봐왔음에도 나는 그렇게 말하고 말았다. 예정된 죽음이 있고 그 죽음을 유예하려 투여하는 약이 오히려 통증을 유발하는데 그마저도 점점 효과가 없어진다는 것은.

"어땠어?"

한 시간 남짓한 인터뷰를 마치고 병실로 돌아가자 P가 기다렸다는 듯 다가오며 물었다. 나는 한동희의 눈치를 보며 목소리를 낮췄다.

"증상 설명만 한 이십 초 넣고 나머지는 멘트만 따서 영상 밑에 깔면 괜찮을 것 같아요."

의사가 한 이야기에는 물론 정보값이 톡톡했지만 긴장해서 비슷한 이야기를 반복적으로 늘어놓은지라 통으로 길게 쓰기는 어려울 것 같았다. P는 고개를 끄덕였다. 그렇게 연출하면 별 스토리가 없어 보이는 그림도 그럭저럭 살릴 수 있으니까.

스운 모양이었다.

촬영 내내 한동희의 태도에는 P를 향해 추파를 던지는 듯한 느낌이 분명 있었다. 그게 불편하거나 어색하게 느껴지지 않는 것은 내가 한동희에게 약간이나마 연민을 느끼기 시작했다는 의미 같았다. 정작 불편하고 어색한 쪽은 바로 그 연민이었다. 일로 처음 만난 사람이라면 차라리 마음 놓고 가엾어해 버리련만 애매하게 아는 사이여서 그런 감정을 느껴도 되는지 헷갈렸다. 괜찮을까, 연민 같은 걸 품어도. 어린 시절을 알고, 청춘이라 부를 만한 시기를 건너뛰어 피차 불혹을 바라보는 시점에 다시 만난 누군가가 내가 아는 어떤 남자를 오빠라고 부를 때.

기분이 좋아서인지 어이가 없어서인지 P는 헛 하고 웃음을 터뜨렸고 내가 대신 설명했다.

"해 떨어지기 전에 병원 전경이랑 병실 복도 같은 배경 딸 겸 해서 나가는 거야."

그것도 실제로 해야 하는 일이었으나 출연자의 귀가 없는 곳에서 어떤 소스를 마저 챙겨야 구성이 괜찮을까를 논의할 시점이기도 했다. 따라 나올 것처럼 들썩이던 한동희가 입술을 비죽이며 등을 둥글게 만 채 주저앉았다. 담배를 피우지 않는 스태프 하나를 말동무 삼아 남겨두고 나오면서 유치하게도 나는 고소하단 생각을 했다.

"어떤 사이였어?"

옥상 흡연 구역에서 P가 물었다.

"별 사이 아니었어요."

"아니, 진짜로. 왜 자꾸 얼버무려."

"정말 별 사이 아니었어요."

설명할수록 자잘해지는 그런 사정은 말하고 싶지 않았다. 나는 등을 돌려 뒤를 가리켰다.

"저 학교예요, 제가 다니던 학교. 중3 때 서울로 전학 갔지만."

P는 내가 다니던 학교 방향으로 길게 담배 연기를 내뱉었다. 어쩐지 불손하게 느껴지는 그 행동이 나는 마음에 들었다. 그랬지. 저 학교였다. 개교와 함께 창설되어 30년 넘는 전통을 자랑하는 교지 편집부가 있었다. 한 해에 두 권씩 교지를 만들었다. 여중 1학년으로 입학한 직후 입부 경쟁률이 높은 거기에 들어가느라 전전긍긍하던 시간이며 내가 손을 보탠 다섯 권의 교지가 생각났다. 이어서 떠오른 것은 한동희였다. 같은 학교 출신으로 우리 부에 들어왔지만 회의 때마다 멀리 떨어진 곳에 앉아 모르는 사이인 양 데면데면 지내던 한동희. 그래봐야 중학생이면서 같은 부

선배를 보면 깍듯이 인사를 해야 한다는 전통도 있었는데 나는 한동희가 나에게 인사하지 않아도 아무 말 하지 않았다. 나도 한동희를 아는 척하고 싶지 않았으니까. 내가 만든 교지 다섯 권 가운데 세 권은 한동희도 함께 만든 것이었지만.

"뭐 뭐 남았지?"

"처치실 들어가는 거 찍고 치료 후 인터뷰 따면 대충 구성 나오지 않을까 싶은데요."

무균실까지는 따라 들어갈 수 없을 테니 처치실 입실 다음 의사 인터뷰 붙이면 되겠다. 나는 속으로 구성 얼개를 짜며 말했다.

"그럼 되겠네."

P는 담배를 툭툭 털고 이어서 한 대를 더 물었다.

"나는 배경 따고 들어갈 테니까 너 미리 들어가서 얘기 좀 해봐."

"무슨 얘기요?"

"감정을 좀 말랑말랑하게 해보란 거지. 옛날얘기, 속 얘기 나오게."

석연치 않은 마음으로 병실에 내려갔다. 한동희는 머리카락을 꼬고 있지 않았다. 스태프와도 서먹서먹하게 앉아 있던 참이었다. 한동희는 그렇다 치고 어린 스태프가 안쓰러웠다. 붙임성이 크게 좋은 아이도 아니거니와 세대가 달라 말이 통할 리 없는 걸 알면서도 억지로 같이 앉혀놓고 나간 게 미안해서.

"미안한데 자리 좀 비켜줄래요? 내 언니야랑 간만에 얘기 좀 하고 싶어서."

나와 눈이 마주친 한동희가 대학생 스태프에게 물었다. 스태프는 오히려 잘됐다는 듯 네 하고 일어섰다. 갑자기 스태프와 나의 처지가 바뀌었다. 당황스러웠다. 나야말로 한동희와 나눌 이야기가 없었다.

문이 닫히자 한동희는 기다렸다는 듯 물었다.

"니 그 오빠 좋아하제?"

"누구?"

"감독 오빠야 말이다. 니 얼굴에 다 써 있다."

뭐라고 말하면 이 애가 들을까. 다짜고짜 너라고 하면서 P에게 이성적인 감정이 있는지 묻는 건 분명 내 기분을 상하게 하려는 의도일 텐데. P와는 그런 사이가 아닐뿐더러 일방적으로 느끼는 호감 같은 것도 없었다. 더욱이 한동희가 한 말은 내가 그 애에게서 처음 들은 말도 아니었다. 오래전에도 그 애는 내게 물었다. 답을 알고 싶어서가 아니라 나를 당황하게 하고 비난하고 싶어서.

"존경하지."

"존경은 지랄."

"지금은 회사 소속으로 시리즈 찍으러 다니지만 예전에는 민주화 운동 기록물 만들던 사람이야. 좋은 작업 많이 했고."

솔직히 말하자면 그랬다. 지금 하는 작업이 그때 하던 작업보다는 유효한 밥벌이가 되므로 함부로 이것이 그것보다 못하다고 말할 수는 없지만 내가 P와 함께 일해보고 싶었던 까닭은 그가 예전에 해둔 배고픈 작업들 때문이었으니까. 동업자로서, 후배로서 바라보는 P는 존경할 만한 사람이었다.

한동희는 피식 웃었다. 그랬지. 한참 전에도 저 애는 저렇게 웃었다. 열한 살 먹은 나한테 남자에 미친 년이라고 악을 쓴 다음에 내가 뭐라고 대답하자 피식 웃었다. 열 살짜리가. 어린 나보다 한 살 더 어리던 애가.

한동희의 연년생 오빠 한동진이 우리 반 반장이고 내가 부반장인 때였다. 원래 서로 딱히 인사는 하지 않아도 같은 학교에 다니다 보니 아주 모른다 할 수는 없는 사이였고, 우리 할머니와 그 남매의 할머니가 달 목욕을 끊어 다니다

보니 느닷없이 알몸으로 같은 공중목욕탕에서 마주치곤 했기에 존재를 인식한 지는 이미 꽤 된 시점이었다.

한동진과는 나름대로 친하게 지냈다. 남자 반장과 여자 부반장이어서 그런지 둘이 엮어 유치하게 놀리는 아이들도 많았고, 아닌 게 아니라 목욕탕에서 본 적도 있는 참이어서 부끄럼을 탈 만도 했는데 둘 다 의젓하게 놀림을 견뎌냈다. 한동진한테는 어렴풋한 동지애를 느꼈다. 우리는 같은 놀림을 나누어 견디는 사이였으니까. 약간은 고맙고 약간은 반가운 한편, 저 애만 아니면 나도 이런 놀림을 받을 이유가 없다는 점을 떠올릴 때 약간 밉기도 한. 이따금 하굣길을 함께 걷기도 했는데, 마을 아래 어귀에서 한동진이 먼저 손을 흔들고 나는 한참을 더 올라가야 했기에 같이 하교한다는 느낌보다 내가 집에 가는 김에 한동진을 저희 집에 데려다주는 느낌이 더 강했다.

동네는 가파른 언덕배기에 따개비처럼 달라붙은 집들로 이루어져 있었다. 모든 집의 지붕이 평평해서 아랫집 옥상이 곧 윗집 마당이었다. 오래전 물을 길어 올리는 길이었다던 가파른 골목골목, 윗집 아랫집을 구획하는 동시에 연결 짓는 평평한 지붕들이 곧 그 동네 아이들의 놀이터였다. 온 동네가 어린애들의 것이지만 많은 아이들이 한꺼번에

어울려 놀 만큼 넓은 공터는 좀체 없어서 당연히 가까운 집 애들끼리 삼삼오오 어울렸다. 동네에서도 꽤 아래쪽에 사는 한동희 남매와는 학교에서가 아니면, 할머니 손에 이끌려 간 목욕탕에서가 아니면 말 섞을 기회조차 아예 없었다.

한동진이라면 몰라도 한동진의 동생하고까지 친하게 지낼 생각은 없었다. 한동희는 저학년이어서 4학년인 우리보다 빨리 하교했으면서도 교문 근처에서 저희 오빠를 기다리곤 했는데 나하고 한동진이 나란히 교문으로 나오면 나를 빤히 쳐다봤다. 민망해진 내가 다른 친구와 가겠다고 할 때까지, 또는 저희 오빠가 먼저 가라고 쫓아 보낼 때까지.

알고 보니 한동희는 저희 오빠의 친구, 나와도 같은 반인 어떤 남자아이를 좋아해서 매일 한동진을 기다린 거였다. 나도 속으로 좋아했던 그 남자애, 그 남자애가 어느 날 나를 좋아한다고 했고 그게 하루 사이 전교에 소문나자 한동희가 우리 반으로 달려왔다. 할머니와 목욕탕에 가서나 보던 애, 매일 마주치게 되었어도 인사 한마디 변변히 나눠 본 적 없는 애가 소리쳤다. 니도 그 오빠 좋아하나? 정말로 그 남자애를 좋아하긴 했지만 부끄러워서 우물쭈물하던 차에 한동희는 내 머리채를 잡아뜯으며 악을 썼다.

이 남자에 미친 년아. 니가 뭔데. 산동네 사는 주제에.

당시에는 그럭저럭 충격을 받았지만 자라서 생각해 보면 뭐라 말하기도 참 애매한 일이었다. 산 높은 곳 살수록 못사는 집이라는 것도 옛말, 그러니까 목욕 동무인 그 집 할머니와 우리 할머니 때 이야기고 수도 전기 다 들어올 무렵 태어난 우리하곤 상관없었는데 그 어린애가 어디서 산동네 사는 주제 같은 말을 배워 써먹은 것일까. 평지 동네보다 산동네 사람들 형편이 기우는 게 현실이라 해도 우리 집이 좀 더 높이 있었다뿐 그 애네 집도 언덕 중턱에 있기는 마찬가지였는데.

그 후에도 한동희와 가까워질 수는 없었다. 4학년 때 그런 일이 있고 보니 5학년 때도 그게 떠올라 데면데면했고, 6학년 되어서도 5학년이 된 그 애가 서먹했으며, 중학교에 가서는 초등학교 때 걔랑 나랑 사이가 안 좋았지…… 그렇게 기억하게 되어 끝까지 곱게 볼 수 없었다.

"니가 그때 내한테 죽으라 캤다."

나는 한동희도 나와 같은 때를 떠올리고 있다는 것을 알았다. 내가 그랬나. 내가 당한 일은 그럭저럭 기억났지만 어떻게 되받아쳤는가는 기억하지 못했다. 비겁하게도 내가 먹었던 욕만 곱씹으며 한 살 어린 여자애한테서 무시무시한 치욕을 당한 듯이, 일방적인 피해를 입은 듯이 기억해

왔다 생각하니 조금 부끄러웠다.

“진이 언니 니가 내한테 죽으라 캐서 진짜 죽을병 걸린 것 같다.”

“그런 말 하지 마, 농담이라도.”

“농담 아니다. 진짜 그런 것 같더라.”

한동희는 무엇에 홀리기라도 한 듯 반쯤 얼이 빠진, 그러면서도 진지한 얼굴로 계속 말했다.

“내는 다 봤다. 쭉 여기 살면서 다 봤단 말이다. 언니 니하고 사이 안 좋던 사람 다 망하고 니 친구들은 다 시집 잘 가고 돈 잘 벌더라.”

그렇게 보이는 것도 이해는 됐다. 교지 편집부 동창 누구는 어느 기업 사모님이 되고 누구는 국비 유학까지 다녀온 박사님이 되었다는 소식은 나도 들었다. 당시 나와 어울려 다니던 교지 편집부 아이들은 대개 학교에서 손꼽히는 모범생들이었으니 그 애들 중 일부가 그대로 잘 자라 후일 부러움을 살 만한 사람이 된 것이 놀랍지는 않았다. 흔치 않고 쉽지 않은 일일 뿐 기적까지는 아니었다.

하지만 망한 사람들 모두 나와 사이가 나빴을 리는 없었다. 애초에 세상에는 흥하는 사람보다 망하는 사람, 지지부진한 사람이 훨씬 많으니까. 그래서 그렇게 보일 뿐 한동희가 아는, 얼마나 망했길래 그렇게 말하는지는 모르겠으나 그 애가 아는 망한 사람 모두가 나와 사이 나쁜 사람일 리는 없었다. 나와는 아예 모르는 사이인데 한동희가 내 욕을 한 적이 있어 나를 안 좋게 생각하는 사람이라면 모를까. 그래, 그런 사람이라면 의외로 많을 수도 있겠지. 그렇게 생각해도 그들이 망한 것은 내가 그들을 저주해서가 아니었다. 존재도 모르는 사람을 저주할 수는 없었다.

"미친 소리라고 생각하지 마라……."

한동희는 숨을 조금 몰아쉬며 낮은 목소리로 말했다.

"그래서 내는 니가 신일지도 모른다고 생각했다."

그야말로 미친 소리라 생각했을 때 병실 문이 벌컥 열렸다. P가 돌아왔다. 재미난 얘기들 나누고 계셨냐고 시원하게 묻는 그가 반갑기도 하고 원망스럽기도 했다. 한동희는 나와 대화할 때의 무서운 눈빛을 지우고 태연스레 머리카락을 손가락에 감았다. 분노로, 또 고통으로 씩씩 몰아쉬던 호흡 역시 언제 그랬냐는 듯 제 박자로 돌아가 있었다.

한동희가 석식을 먹고 처치실에 들어간 사이 우리 팀도 구내식당에서 밥을 먹었다. 직업에 기인한 습성으로 빠른 식사를 마치고 옥상에서 담배를 피우고 돌아왔을 때도 한동희는 아직 병실로 돌아오지 못한 채였다. 눈에 띄게 어두워진 병실에서 누구 한 명 어느 한마디도 꺼내지 않고 있었는데 간호사가 한동희를 데리고 돌아와 불을 켰다. 한동희는 눈물로 얼룩덜룩해진 얼굴을 하고는 씩 웃었다.

"내 기다리셨어요?"

나는 P의 옆구리를 꾹 찔렀다. 카메라가 꺼져 있었다. 방금 그 장면을 땄어야 했는데. P는 허둥지둥 카메라를 켜 간호사의 부축을 받아 침상까지 걸어오고 눕는 한동희의 모습을 찍었다. 치료를 받고 나면 오히려 더 아프다고 했지. 나는 다친 복숭아같이 얼룩진 그 애의 얼굴을 내려다보며 생각했다.

"아, 일어났다 누우니까 침대에 머리카락 신경 쓰여서 못 눕겠어요."

한동희는 다시 창틀을 붙들고 몸을 일으켰다. 오전에 자다 일어날 때와 비교하면 무척 힘겨워 보이는 동작이었다. 도와줄 수는 없었다. 아무리 작품성을 신경 쓰지 않는다고 해도 다큐멘터리는 다큐멘터리니까. 출연자의 일상에 제작 팀은 관여할 수 없었다.

"언니야가 내 좀 도와도."

그런데 한동희가 나를 보며 청했다. 카메라를 기준으로

는 왼쪽, 한동희한테는 오른쪽 앞에 서 있는 나를 바라보면서. 나는 P의 눈치를 살폈다. P는 고개를 끄덕였다. 한동희는 침상 옆 수납장에서 고무줄 통을 꺼내달라고 하더니 노란 고무줄 하나를 집어 검지, 중지, 약지를 잇는 사슬 모양으로 끼웠다.

"언니야도 이렇게 해가 발밑 쫌 문대주라. 베개에 머리 대고 누워만 지내는데 와 발밑에 난리가 나는지 모르겠다."

요청대로 침상 아래쪽을 고무줄 끼운 손으로 문질렀다. 침상 쪽으로 고정된 카메라 화면에 내가 한동희를 가리며 걸릴 거라는 사실을 의식하면서. 손에 낀 고무줄에는 머리카락과 체모가 도르르 말려서 금세 까맣게 되었다. 언뜻 보면 손에 돈벌레 같은 게 앉아 있는 듯했다.

"내 노하우다. 털 치우는 노하우."

나는 P를 쳐다보았다. P는 입 모양으로 말하고 있었다. 이거 살리자.

"잘됐지요, 병 걸려서. 내도 작가가 꿈이었는데요. 요즘 에세이 작가 잘나간다 아니에요? 내 환자 노하우 모아서 책 내면 안 좋겠습니까."

그렇게 말하면서 한동희는 나를 쳐다보았다.

물론 한동희가 믿는 것처럼 내가 신은 아니었다. 하지

만 나는 그 말의 의미를 알 듯싶었다. 나를 신이라 생각하면서 그렇게 말했다면, 언젠가 자기에게 죽으라 했던 이에게 그렇게 말했다면 그건 신에게 저항하겠다는 의미였다.

당신은 나한테 죽으라고 했지만 그렇게 순순히 죽지는 않겠다는 말.

P와 스태프들이 장비를 치우고 나갈 동안 끝까지 출연자 곁에 있는 것도 나의 일이었다. 모두 나간 걸 확인한 후에 한동희는 또다시 태도를 바꾸었다.

"언니야."

응. 나는 한동희의 부름에 들릴락 말락 한 소리로 응답했다.

"진심이다. 내한테는 그게 너무 당연해서 아무 의심도 안 든다."

"뭐가?"

"언니 니가 신일지도 모른다는 거."

알고 있었다. 그게 나를 떠보려거나 놀리려고 꾸며낸 말이 아니라 그 애의 절박한 믿음이라는 것. 하지만 만약 내가 신이라면 나야말로 가장 잘되어 있었겠지. 방송국에 납품할 최루성 다큐나 찍으러 다니는 조연출 겸 구성 작가로 너를 만나러 오지도 않았겠지. 그 모순을 지적할 용기가 내게는 없었다. 죽음을 앞둔 지금까지 그 애가 품어왔을 순진하면서도 악의적인 믿음을 굳이 정정할 수 없었다.

"그래서?"

"내 좀 낫게 해도."

말문이 막혔다.

"할 수 있다 아이가, 신이니까. 니 때문에 아팠으니까 언니 니가 낫게 해도."

나는 망설이다 답했다.

"그래."

내 대답에 한동희는 미심쩍은 듯 눈썹을 모았다가 곧 얼굴을 펴고 천천히 눈을 감았다. 왜 이렇게 안 내려오느냐고 P에게서 전화가 걸려올 때까지 나는 눈 감은 그 얼굴을 내려다보고 있었다. 정말 신이라도 된 듯이, 그래서 갑자기 그 애를 사랑해야 할 의무라도 생긴 듯이.

"깜깜해졌네."

P가 차를 출발시키며 말했다. 뒷좌석의 대학생 스태프들은 나를 기다리다 잠든 모양이었다.

"딸 거 빨리 따고 너 어릴 때 살던 동네 구경도 하고 그랬음 좋았을 텐데. 아니면 아예 1박 청구하고 내려올걸."

"결재 안 났을걸요."

네비게이션은 병원 둘레를 반 바퀴쯤 돌아 시내로 나갔다가 도시 외곽으로 나가기를 권하고 있었다. P는 네비게이션이 추천하는 경로로 차를 돌렸다. 나는 라디오를 틀었다. 심수봉의 〈개여울〉이 나오고 있었다.

가도 아주 가지는 않노라시던, 그런 약속이 있었겠지요. P는 습관처럼 그 후렴을 따라 했다. 가도 아주 가지는 않노라심은, 굳이 잊지 말라는 부탁인지요. 나는 채널을 돌리려던 손을 멈췄다. 떠올리고 싶지 않았지만 어쩔 도리 없이 한동희가 떠올랐다.

"갑자기 든 생각인데요."

뭐가? 하고 P는 무심히 대꾸했다.

"이게 기도일 수도 있다는 생각이 들어요."

음. P는 평소처럼 웃는 대신 신음하듯 반응했다.

"김소월 시잖아요, 가사가. 당신은 무슨 일로 그리합니까. 그렇게 시작하잖아요. 기도라고 치면 신에게 당신이 하는 일을 이해할 수 없습니다, 그렇게 말하는 것도 같단 말이죠."

"그렇게도 되겠네."

한동안 P도 나도 아무 말 하지 않았다. 애처로운 노래 구절이 차 안을 떠돌았고 익숙할 리 없으나 익숙한 불빛들이 유령처럼 어두컴컴한 창을 지나가고 있었다. 다시 돌아올 일이 있을까. 모르지, 또. 어두움은 어떤 도시나 공평하게 만든다는 평범한 사실을 나는 곱씹었다. 익숙한 도시를 모르는 곳으로, 또 낯선 도시를 친숙한 곳으로 만드는 밤. 도시 안팎의 경계는 흐려지고 고향은 고향이었던 곳이 되며 고향이 아닌 곳은 고향이 아니었던 곳이 된다.

"갑자기 겸손해지네."

내가 무슨 생각을 하는지 안다는 듯 P가 말했다. 그러네요. 나는 작은 소리로 답했다. 노래는 끝나가고 아무리 빨리 달려도 밤을 추월할 수 없었다.

깊이 들이쉬고 길게 내쉬기. 왜 자꾸 한숨을 쉬느냐는 말을 듣는다. 딱히 안 좋은 의도는 없다. 방충망에 구멍이 나 있다. 올해는 처음으로 수면 내시경을 받았다. 이제 굽 높은 신발은 영 못 신겠다. 시선을 먼 곳에 두지 못한 지 오래됐다.

건강을 생각해서 식사량을 줄였다. 때로 슬프고 때로 관대해진다. 먹고 싶은 것만 먹을 수는 없다는 사실을 잘 알지만 많이 먹지 못할 바에야 먹기 싫은 걸 억지로 먹지는 않기로 결심했다. 지금은 과일 사탕이 먹고 싶다.

가끔 웃고 공공연히 운다. 어째서인지 화난 걸 들키면 부끄럽다. 사랑은 분수를 모르고 늘어만 난다.

내내 이대로일 거라 믿는 마음과 영영 이대로일까 두려워하는 마음. 어느 쪽이 낙관이고 어느 쪽이 비관인지는 확실히 말할 수 없을 것 같다.

다만 나는 살아 있다.

가끔은 믿어지지 않지만 정말로 그렇다.

2023년 여름

박서련

| 수록 작품 발표 지면 |

오직 운전하는 이들만이 살아남는다 … 《서로의 나라에서》(은행나무, 2018)

젤로의 변성기 … 《팔꿈치를 주세요》(큐큐, 2021)

한나와 클레어 … 〈현대문학〉 2021년 11월호

세네갈식 부고 … 소전서림 테마 단편집 《흰 소설전》(2021)

김수진의 경우 … 디아스포라영화제 특별 소설집 《보통의 우리》(2021)

나, 나, 마들렌 … 〈창비〉 2022년 겨울호

마치 당신 같은 신 … 《안으며 업힌》(곳간, 2022)

나, 나, 마들렌

초판 1쇄 인쇄 2023년 7월 1일
초판 1쇄 발행 2023년 7월 7일

지은이 박서련
펴낸이 이상훈
문학팀 최해경 김다인 하상민
마케팅 김한성 조재성 박신영 김효진 김애린 오민정

펴낸곳 (주)한겨레엔 www.hanibook.co.kr
등록 2006년 1월 4일 제313-2006-00003호
주소 서울시 마포구 창전로 70 (신수동) 화수목빌딩 5층
전화 02-6383-1602~3 **팩스** 02-6383-1610
대표메일 munhak@hanien.co.kr

ISBN 979-11-6040-538-5 03810

• 값은 뒤표지에 있습니다.
• 파본은 구입하신 서점에서 바꾸어 드립니다.